世界名作名訳シリーズNo. 3

新譯伊蘇普物語

しんやくいそっぷものがたり

（上篇）

上田萬年

うえだかずとし

編訳・解説

はる書房

凡例

一　原本は助詞の「は」「へ」を「わ」「え」と表音表記し、おうかみ（狼）、とうり（通り）、とうい（遠い）など現在「お」と書く仮名を「う」にしているが、新組ではこれらの仮名遣いをすべて踏襲している。

一　原本には誤記・誤植による仮名遣いの不統一もみられるので、「ぢ」「づ」を「じ」「ず」とするなど表音表記の原則にならって訂正した。ただし、きづかい（気遣）、やづゝ（矢筒）、一疋づゝ、などの「づ」は原本通り例外扱いとしている。

一　漢字については、原本にある旧字（正字）のうち原則としてＪＩＳ基準にある旧字はそれを使い、ないものは新字に置き換えた。

一　原本で上篇冒頭に置かれている「例言」「イソップ小傳」「訓言索引」を上編巻末に配置した。「例言」「イソップ小傳」にはルビがないので、新組ではその文体に合わせ、当時の仮名遣いによるルビを振った。

一　「例言」「イソップ小傳」、各話に付された「解説」にあるカタカナの人名・地名・学術語などは、現在の一般的な表記と異なっていてもそのままにしている。

一　梶田半古による多数の挿画のうち、画面の大きい鮮明なものを選んで収録した。

一　時代的背景と作品の価値とにかんがみ、今日の人権意識に照らして不当不適切と思われる用語の修正や削除はおこなわなかった。読者の理解を乞う。

新《しん》譯《やく》伊《い》蘇《そっ》普《ぷ》物《もの》語《がたり》

（上篇）

文學博士　上田萬年　解説
画　伯　梶田半古　挿画

上篇　目次

下篇

第一　狼《おうかみ》と小羊《こひつじ》

或《ある》夏《なつ》の暑《あつ》い日《ひ》のことでした。小《こ》羊《ひつじ》が崖《がけ》下《した》の清《し》水《みず》を飲《のも》うと云《い》うので、下《お》りて行《ゆ》きますと、ヒヨツコリ狼《おうかみ》に出《で》會《あ》いました。狼《おうかみ》わ小《こ》高《だか》いところに立《た》つて居《お》り、小《こ》羊《ひつじ》わ少《すこ》し先《さき》の下《かわ》流《しも》に居《い》ましたが、狼《おうかみ》のことですから、何《なに》か一《いち》番《ばん》喧《けん》嘩《か》を吹《ふ》つかけてやろうと思《おも》つて、『オイ〳〵、貴《き》様《さま》わ何《な》故《ぜ》そんなに水《みず》を攪《かき》亂《まわ》して飲《の》めないように濁《にご》らせるのだ。サア其《そ》の譯《わけ》を聞《き》かなけりや承《しょう》知《ち》しないぞ。』と極《きめ》付《つ》けました。

小《こ》羊《ひつじ》わ脅《おど》かされて、もうおど〳〵して了《しま》いましたが、成《なる》丈《たけ》下《した》手《て》に出《で》て、『私《わたくし》の飲《の》んだ水《みず》わ、貴《あな》方《た》の方《ほう》から流《なが》れ

て來《き》ますので、其《そ》處《こ》まで濁《にご》る筈《はず》わございません。』と素《す》直《なお》に答《こた》えました。

　すると狼《おうかみ》が、『いや、其《それ》にしても貴《き》様《さま》わ惡《わる》い奴《やつ》だ。半《はん》年《とし》前《まえ》に己《おれ》のことを散《さん》々《ぐ》惡《わる》く云《い》つたでわないか。』と云《い》いがゝりをつけました。

　小《こ》羊《ひつじ》わ、『いゝえ、ど

うしまして。半年《はんとし》前《まえ》にわ、私《わたくし》わまだ産《うま》れて居《お》りません。』

狼《おうかみ》わ、『ヱ、面倒《めんどう》な。』と大層腹《たいそうはら》を立《た》てまして唸出《うなりだ》し、口《くち》から泡《あわ》を吹《ふ》いて、宛然狂氣《まるできちがい》のように寄《よ》つて來《き》て、『何《なん》だと、貴様《きさま》にしろ、貴様《きさま》の親父《おやじ》にしろ、惡口言《あくこうい》つたのわ畢竟《つまり》同《おな》じ事《こと》だ。』と喚《わめ》くかと思《おも》うと、可哀相《かあいそう》に、罪《つみ》も科《とが》もない弱《よわ》い小羊《こひつじ》を捕《と》つて、到頭咬殺《とうくいころ》して了《しま》いました。

訓言《くんげん》　惡人惡事《あくにんあくじ》を働《はたら》く時《とき》わ、必《かなら》ず巧《たくみ》に理窟《りくつ》をつける。

解説《かいせつ》　帝王《ていおう》でも華族《かぞく》でも學生《がくせい》でも、總《すべ》て、亂暴《らんぼう》な人間《にんげん》わ、自分《じぶん》の悪事《あくじ》に何《なん》とか彼《か》とか、兎角《とかく》辨解《いゝわけ》を拵《こしら》えるのが上手《じようず》です。又《また》心《こゝろ》の邪《よこしま》な者《もの》が不義《ふぎ》を行《おこな》おうと思《おも》えば、造作《ぞうさ》もなく其《そ》の種子《たね》を作《つく》るのです。そんな人《ひと》にわ、決《け》して氣《き》を許《ゆる》してわなりません。

第二 驢馬《ろば》と無尾猿《おなしざる》と土龍鼠《むぐらもち》

或《あ》る驢馬《ろば》と無尾猿《おなしざる》とが、互《たがい》に身《み》の上《うえ》の難儀《なんぎ》を話《はな》し合《あ》い、驢馬《ろば》わ角《つの》がないとて不足《ふそく》を言《い》いますし、無尾猿《おなしざる》わ尾《お》がなくて困《こま》ると言《い》つて、愚痴《ぐち》だらぐでした。すると傍《そば》に聴《き》いて居《い》た土龍鼠《むぐらもち》が、『シツ、騒々《そうぐ》しい。君達《きみたち》わ其様《そんな》に愚痴《ぐち》を零《こぼ》

さずと、皆《み》な夫《それ》々《ぐ》自分《じぶん》の躰《からだ》に具《そな》わつて居《い》る丈《だけ》のものを有《あり》難《がた》いと思《おも》わなければなりません。御覧《ごらん》なさい、斯《こ》う言《い》う私《わたくし》などわ眞箇《まツたく》の盲目《めくら》で、君《きみ》達《たち》から見《み》れば何《ど》のくらい惨状《みじめ》だか知《し》れません。』

訓言《くんげん》　自分《じぶん》よりも不幸《ふこう》な者《もの》の在《あ》る間《あいだ》わ、身《み》の上《うえ》の不平《ふへい》わ言《い》うべからず。

解説《かいせつ》　満足《まんぞく》と云《い》う徳義心《とくぎしん》を養《やしな》うにわ、『自分《じぶん》よりも不幸《ふこう》な者《もの》が澤山《たくさん》ある』と云《い》う事《こと》を忘《わす》れないに限《かぎ》ります。隣人《となりのひと》が特別《とくべつ》の幸福《しあわせ》を持《も》つて居《い》るのに、自分《じぶん》わ持《も》たぬこともありましょうが、自分《じぶん》にも隣人《となりのひと》の持《も》たない幸《しあ》福《わせ》のあることを思《おも》えば、決《けつ》して腹《はら》わ立《た》ちません。昔《むか》し希臘《ぎりしゃ》の哲學者《てつがくしゃ》アリスチパスと云《い》う人《ひと》わ、畠《はたけ》を一ケ所《しょ》亡《なく》した時《とき》に人《ひと》が來《き》て弔《くや》みを云《い》いますと、『何《なあ》に、私《わたくし》わ尚《ま》だ畠《はたけ》が三《さん》ケ所《しょ》もあります。貴方《あなた》こそ一《ひとツ》しかなくてお氣《き》の毒《どく》です。私《わたくし》よりか、先《まず》貴方《あなた》の心配《しんぱい》から爲《し》て上《あ》げる筈《はず》です。』と答《こた》えたと云《い》うことです。眞實《まツたく》其《そ》の通《とう》りで、自分《じぶん》よりも幸福《しあわせ》な人《ひと》ばかり見《み》て居《い》れば、始終《しょう》羨《うらや》んだり妬《そね》んだり、氣《き》の安《やす》まる時《とき》がありません。此《これ》わ寔《まこと》に賤《いや》しむべき事《こと》で、其人《そのひと》わ一生《いっしょう》不幸《ふしあわせ》です。ソクラテスわ、『滿足《まんぞく》わ自然《しぜん》の富《とみ》なり』と云《い》い、老子《ろうし》わ『足《た》るを知《し》れ』とも言《い》いました。兎角《とかく》天《てん》から賜《たまわ》つたものを感謝《かんしゃ》して、與《あた》えられぬものをば羨《うらや》まぬが可《い》いのです。其《それ》が即《やが》て幸福《しあわせ》の種子《たね》です。

第三　獅子《しゝ》一匹《いっぴき》と牛《うし》五匹《ごひき》

さる野《の》原《はら》に、野《の》牛《うし》が五匹《ごひき》仲《なか》よく暮《くら》して居《い》ました。すると其《その》近邊《きんぺん》の山《やま》に獅子《しゝ》が一匹《いつぴき》棲《す》んで居《お》りまして、『切望《どうか》あの牛《うし》を餌食《えじき》にしてやりたいものだ』と常々《つねぐ》思《おも》つて居《い》ましたが、何分《なにぶん》にも五匹《ごひき》一所《いつしよ》ですから、些《ちよつ》と手出《てだし》が出來《でき》ず、唯《たゞ》遠方《えんぽう》から眺《なが》めて居《い》るばかりでした。其《それ》から種々《いろく》考《かんが》えて、到頭《とうく》牛《うし》の仲《なか》の割《わ》れるように、巧《うま》く水《みず》を注《さ》しますと、案《あん》の定《じよう》五匹《ごひき》の牛《うし》が捫着《もんちやく》を初《はじ》めて、終《しまい》に別《わか》れ〳〵になつて了《しま》いました。獅子《しゝ》わ計《はかりごと》が圖《ず》に中《あた》り『占《し》めたぞ』と云《い》つて、其牛《そのうし》を一《ひと》つ〳〵取殺《とりころ》して日頃《ひごろ》の望《のぞみ》を果《はた》しました。

訓言《くんげん》　結合《けつごう》わ力《ちから》なり。

解説《かいせつ》　國《くに》と云《い》い、家《いえ》と云《い》うも、皆人間《みなにんげん》の結合《けつごう》に與《あた》えた名《めい》稱《しょう》であつて、協力一致《きょうりょくいっち》して始《はじ》めて其《そ》の進歩發達《しんぽはったつ》を逐《と》ぐべきものです。善《よ》く團結《だんけつ》して居《お》る間《あいだ》わ敵《てき》に乘《じょう》ぜらるゝ恐《おそ》れもなく、敵《てき》があつて却《かえ》つて其《そ》の團結《だんけつ》を堅《かた》くするの利益《りえき》もありますが、内輪割《うちわわ》ゝれ《れ》をすれば、ない敵《てき》まで も出來《でき》てきて、必《かなら》ず滅亡《めつぼう》を招《まね》くものです。

第四　蛙《かえる》と狐《きつね》

ある蛙《かえる》が沼《ぬま》から這出《はいだ》しまして、多勢《おうぜい》の獸《けもの》に向《むか》い、『諸君《しょくん》、自《じ》分《ぶん》わ世界《せかい》の大醫《たい》ゝ《い》でありますぞ、藥《くすり》の調合《ちょうごう》なら自分《じぶん》に限《かぎ》るのです。又《また》如何《どん》な難病《なんびょう》でも、自分《じぶん》が一度《いちど》診察《しんさつ》すれば必《きッ》然《と》癒《なお》してお目《め》にかける。まあ、かゝつて此《こ》の廣告《こうこく》の嘘《うそ》でないことを試《ため》したまえ』と大聲《おうごえ》で呶鳴《どな》つたのです。獣《けもの》共《ども》わ、何《なに》やら譯《わけ》わ解《わか》らず、濫《やたら》に感心《かんしん》して了《しま》つて、豪《えら》い學者《がくしゃ》だと賞《ほ》めぬ者《もの》わ一匹《いっぴき》もありませんでした。

すると狐《きつね》が其《それ》を聞《き》いて苦《にが》々《く》しく思《おも》い、側《そば》え飛《と》んで來《き》て、『ヨウ、蛙《かえる》先生《せんせい》、然云《そうい》う御自分《ごじぶん》の跛《びっこ》や躰《からだ》の皺《しわ》わ一體《いったい》何如《どう》したものだ。其《それ》すら癒《なお》せもしない癖《くせ》に、餘《あん》まり大《おう》きなことを言《い》わねえ方《ほう》が可《よ》かろうぜ。』と遣込《やりこ》めました。

訓言《くんげん》　醫者《いしゃ》よ、先《ま》ず自《みずか》ら治《なお》せ。

解説《かいせつ》　自分《じぶん》の過《あやまち》わ棚《たな》えあげておいて、人《ひと》の過《あやまち》ばかり正《たゞ》そうと云《い》うのわ抑《そもそ》も悪《わる》い考《かんが》えです。寝《ね》ぼけた目《め》で眼醫者《めいしゃ》になる譯《わけ》にわ行《ゆ》きません。他《ほか》の過《あやまち》わ成丈《なるたけ》恕《ゆる》して、自分《じぶん》の過《あやまち》を正《たゞ》すように心《こゝろ》懸《が》けるのが肝要《かんよう》です。

第五　薊《あざみ》食《く》いの驢馬《うさぎうま》

或《あ》る處《ところ》に一匹《いっぴき》の驢馬《うさぎうま》がありまして、丁度《ちょうど》收穫《とりいれ》の時《とき》に、主人《しゅじん》や傭人《やといにん》の晝飯《ひるめし》にとて、種々《いろいろ》の食物《たべもの》を負《お》うて田圃《たんぼ》え運《はこ》んで行《ゆ》きました。すると其《そ》の途中《とちう》で、大層奇麗《たいそうきれい》な大《おう》きい薊《あざみ》を見《み》つけまして、腹《はら》が大分《だいぶん》減《へ》つて居《い》た處《ところ》から、ムシャムシャ喰《く》いはじめました。而《そう》して心《こゝろ》のうちで、『己《おれ》が今《いま》持《も》つて行《ゆ》くような御馳走《ごちそう》を食《た》べて、悦《よろこ》んで居《い》る美食家《うまいものくい》も随分《ずいぶん》あるであろうが、己《おれ》に取《と》つてわ此《こ》の刺《とげ》のある薊《あざみ》が何《なに》よりの御馳走《ごちそう》だ』と、つくぐ思《おも》いました。

訓言《くんげん》　甲《こう》の滋養《じよう》わ乙《おつ》の毒《どく》となる。

解説《かいせつ》　老幼男女《ろうようだんじよ》の嗜好《しこう》わ、其《そ》の身長《みのたけ》、毛色《けいろ》、容貌《ようぼう》と同《おな》じく、皆《み》な同《おな》じと云《い》う譯《わけ》にわ行《ゆ》きません、それを自分《じぶん》が所好《すき》だからと言《い》つて、他《ひと》に強《し》いるのわ善《よ》くないことです。自分《じぶん》の好《すき》不《ふ》好《すき》を定規《じようぎ》にして、他《ひと》が其《そ》の通《とう》りにせぬと云《い》つて、彼《かれ》此《これ》無《ぶ》禮《れい》な批《ひ》評《ゝよう》を加《くわ》えたり、求《もと》めて衝《しよう》突《とつ》を惹《ひき》起《おこ》すなどわ、世《せ》間《けん》に有《あり》勝《がち》の事《こと》ですから、よく〳〵戒《いまし》めなければなりません。

第六　母《おや》雲《ひ》雀《ばり》と子《こ》雲《ひ》雀《ばり》

ある雲《ひ》雀《ばり》が、そろ〳〵麥《むぎ》の熟《じゆく》しかゝつた時《じ》分《ぶん》に子《こ》を産《う》みました。處《ところ》が、其《その》子《こ》雲《ひ》雀《ばり》が未《ま》だ巣《す》立《だち》も出《で》來《き》ぬのに、麥《むぎ》を刈《か》られてわ大《たい》變《へん》ですから、母《おや》雲《ひ》雀《ばり》わ大《たい》層《そう》心《しん》配《ぱい》して居《い》ました。或《ある》日《ひ》餌《え》を捜《さが》しに出《で》る時《とき》、『留《る》守《す》の間《ま》わ善《よ》く氣《き》をつけて、農夫《のうふ》の話《はなし》を聞《き》いておき、母《はゝ》が歸《かえ》つたら其《それ》を話《はな》して聞《きか》しておくれ』と子雲雀《こひばり》に吩咐《いゝつ》けました。すると母雲雀《おやひばり》の留守《るす》のまに、麥畑《むぎばた》の主《あるじ》が其子息《そのむすこ》に此様《こんな》ことを話《はな》して居《い》ました。『さて麥《むぎ》も充分《じうぶん》熟《みの》つたから、明日《あした》わ一《ひと》つ早《はや》く行《い》つて、友達《ともだち》や近所《きんじょ》の人《ひと》に麥刈《むぎかり》の手傳《てつだい》を頼《たの》んで來《こ》い。』

其《それ》を子雲雀《こひばり》が聞《き》いておいて、母親《はゝおや》の歸《かえ》るのを待《ま》つて、其《その》通《とう》り話《はな》して聞《き》かせ、一刻《いつこく》も早《はや》く引越《ひつこし》をして下《くだ》さいと頼《たの》みました。併《しか》し母雲雀《おやひばり》わ、『其《それ》なら安心《あんしん》だ。農夫《のうふ》が友達《ともだち》や近所《きんじょ》の人《ひと》を頼《たよ》りにして居《い》るようでわ、明日《あした》わ迚《とて》も麥刈《むぎかり》わ出來《でき》まい』と言《い》つて、其翌日《そのあくるひ》も亦《また》、前《まえ》のように吩咐《いゝつ》けて出《で》かけました。

すると畑主《はたぬし》が來《き》て、手《て》傳《つだい》の人《ひと》が來《く》るか來《く》るかと日《ひ》の熱《あつ》くなるまで待《ま》つて居《い》ましたが、到頭《とうとう》誰《たれ》も來《こ》ずじまいで、麥《むぎ》刈《かり》わお流《なが》れになりました。其時《そのとき》農夫《のうふ》わ子息《せがれ》に向《むか》い、『友達《ともだち》などわ迚《とて》も賴《たの》みにやならぬわい。明日《あした》わ一《ひと》つ叔父《おじ》さんや從《い》兄弟《とこ》の所《とこ》え行《い》つて、早《はや》く手《て》傳《つだい》に來《く》るように賴《たの》んで來《き》てくれ』と云《い》い棄《す》てゝ歸《かえ》りました。

子雲雀《こひばり》わ大《おう》いに驚《おどろ》いて、母親《はゝおや》の歸《かえ》りを待《まち》かね、其事《そのこと》を話《はな》しますと、母雲雀《おやひばり》わ、『子供達《こどもたち》よ、それしきの事《こと》なら騷《さわ》ぐに及《およ》ばぬ。親類《しんるい》などが、然《そ》う當《あて》になるものでわない。けれど明日《あした》わ何《なん》と云《い》うか、其《それ》こそ氣《き》をつけて聞《き》いておかねばならぬ』と云《い》つて、其翌日《そのあくるひ》も同《おな》じく餌《え》を探《さが》しに出《で》ました。

すると親類《しんるい》も矢張《やッぱり》手傳《てつだい》に來《き》てくれませんので、畑主《はたぬし》の農夫《のうふ》わ子息《むすこ》に向《むか》い、『コレ作太《さくた》や、お前明日《まえあした》までに切《き》れる鎌《かま》を一對《いっつい》用意《ようい》しておくだぞ。そうして二人《ふたり》で麥《むぎ》を刈《か》つて了《しま》うだ』と云《い》いました。

子雲雀《こひばり》わ又其《またそ》の事《こと》を母《はゝ》親《おや》に告《つ》げますと、母雲雀《おやひばり》が、『それならば愈《いよい》よ引越《ひッこ》さずにわ居《い》られぬ。人《ひと》が自分《じぶん》で手《て》を下《おろ》して仕事《しごと》にかゝるとなれば、なかく間違《まちがい》のないものです』と言《い》つて、早速子供《さッそくこども》を引連《ひきつ》れて、餘所《よそ》え引越《ひッこ》しました。

案《あん》の定《じょう》、その翌日主父子《あくるひあるじおやこ》で麥刈《むぎかり》が始《はじ》まりました。

訓言《くんげん》 仕事《しごと》を善《よ》くするにわ、自《みずか》ら爲《な》すに如《し》かず。

解説《かいせつ》　此《これ》わ自任《じにん》と云《い》うことの義務《ぎむ》を教《おし》えたものです。西《せい》洋《よう》の諺《ことわざ》にも、『百姓《ひやくしよう》の靴《くつ》についた土《つち》わ、畠《はたけ》の中《なか》でも一《いち》番《ばん》肥《こ》えた土《つち》』と言《い》います。自《じ》分《ぶん》で出《で》來《き》ることに、人《ひと》を當《あて》にするくらい愚《おろ》かな事《こと》わありません。くれぐ〵も自《じ》分《ぶん》の手《て》を友《とも》達《だち》としなければなりません。

第七　鶏《にわとり》と狐《きつね》

ある朝《あさ》のこと、狐《きつね》が百《ひやく》姓《しよう》家《や》の庭《にわ》の側《そば》を通《とう》りかゝると、運《うん》わるくも、豫《かね》て拵《こしら》えてあつた係《わ》蹄《な》にかゝつて了《しま》いました。すると遠《とう》くから是《これ》を見《み》て居《い》た鶏《にわとり》が、不《ふ》断《だん》から可《こ》怕《わ》い敵《てき》のことですから、用《よう》心《じん》しながら窃《そッ》と側《そば》え近《ちか》より、可《おッ》怕《かな》喫《びッ》驚《くり》で窺《のぞ》いて見《み》ました。狐《きつね》わ鶏《にわとり》を見《み》ると、有《あり》つたけの智《ち》慧《え》を絞《しぼ》つて詭《わる》計《だくみ》を考《かんが》え出《だ》し、『此《これ》わ鶏《にわとり》さん、私《わたし》わ此《こん》様《な》酷《ひど》い目《め》に逢《あ》いましたよ。これと云《い》うも皆《みん》な貴《あな》方《た》のお蔭《かげ》です。何《な》故《ぜ》かと云《い》えば、私《わたし》が家《うち》え帰《かえ》ろうと思《おも》つて、其《そ》処《こ》の垣《かき》根《ね》を潜《くゞ》りますと、貴《あな》方《た》の

時《とき》を作《つく》る聲《こえ》が聞《きこ》えたものですから、其處《そこ》で貴方《あなた》の御機嫌《ごきげん》伺《うかゞ》いに出《で》ようとして、途中《とちう》此《こ》の災難《さいなん》にかゝつた譯《わけ》です。ですから、切望《どうぞ》此《こ》の係蹄《わな》を切《き》る小刀《こがたな》を持《も》つて來《き》て下《くだ》さい。其《それ》とも私《わたし》が之《これ》を咬《かみ》切《き》るまで、係蹄《わな》にかゝつたことを誰《たれ》にも言《い》わないで下《くだ》さるか。』

が、鶏《にわとり》わ其様子《そのようす》を熟々《つくぐ》見澄《みすま》して、返事《へんじ》もせず、急《いそ》いで百姓《ひやくしよう》に其事《そのこと》を言告《いゝつ》げましたので、狐《きつね》わ逃《に》げることもならず、切《き》れる刄物《はもの》で殺《ころ》されて了《しま》つたと云《い》う事《こと》です。

訓言《くんげん》　慈善《じぜん》にも辨別《べんべつ》なかるべからず。

解説《かいせつ》　他《ひと》の不幸《ふこう》を救《すく》うのわ、至極《しごく》心持《こゝろもち》の好《い》いものでありますが、併《しか》し大抵《たいてい》の慈善家《じぜんか》わ、何《なん》の辨別《べんべつ》もなく妄《むやみ》に施《ほどこ》しますから、反《かえ》つて懶惰漢《なまけもの》や欺瞞家《うそつき》を増長《ぞうちょう》させるのです。眞實《ほんとう》に人《ひと》を救《すく》おうと云《い》う心懸《こゝろがけ》のある人《ひと》わ、能《よ》く其《その》相《あい》手《て》の實状《じつじょう》を探《さぐ》つて、救《すく》う價値《ねうち》があると見《み》たら、初《はじ》めて救《すく》つてやるのです。

第八　羊《ひつじ》と烏《からす》

ある日《ひ》一《いち》羽《わ》の烏《からす》が、羊《ひつじ》の背《せなか》に止《とま》つて、カア〳〵と啼《な》いて居《お》りました。其處《そこ》で羊《ひつじ》が、『ア、、お前《まえ》も犬《いぬ》なら正可《まさか》其《そん》

様《な》ことも爲《す》まいに……』と言《い》いますと、烏《からす》が笑《わら》つて、『ヘン當《あた》然《りまえ》だ。己《おれ》わな、誰《たれ》わ馬《ば》鹿《か》にしても介《か》意《ま》わぬ、誰《たれ》にわ阿《おべ》諛《ツか》を使《つか》わなければならぬと云《い》うことを、丁《ちやん》と知《し》つて居《い》るのだ。口《くち》喧《やかま》しい奴《やつ》にわ成《な》るだけ穩《おだや》かにするし、蹈《ふみ》つけにしても唯《へい》唯《へい》言《い》つて居《い》る奴《やつ》にわ、思《おも》

う存分《ぞんぶん》悪戯《わるさ》をしてくれるのさ。』

訓言《くんげん》　氣力《きりよく》なければ一人《いちにん》の朋友《ほうゆう》だも得難《えがた》し。

解説《かいせつ》　人《ひと》の輕侮《あなどり》を甘《あま》んじて受《う》けるのわ意氣地《いくじ》のない話《はなし》です。言《い》うにも足《た》らぬ相手《あいて》ならば兎《と》に角《かく》、然《さ》もなければ、自分《じぶん》の品位《ひんい》わ保《たも》たねばなりません。此《こ》の烏《からす》わ弱《よわ》い者《もの》を侮《あなど》り、強《つよ》い者《もの》を怖《おそ》れる無頼漢《ならずもの》に酷《よ》く似《に》て居《い》るのです。又《また》此《こ》の話《はなし》わ一箇人《いつこじん》よりも、寧《むし》ろ一國《いつこく》の政府《せいふ》に取《と》つて好《よ》い誡《いましめ》です。西洋《せいよう》の諺《ことわざ》にも、『戦争《せんそう》を避《さ》けるにわ、一《ひ》と戰《いくさ》するだけの用意《ようい》をしておけ』と云《い》うことがありますが、眞實武備《まツたくぶび》のない國民《こくみん》わ、他國《たこく》から幾許輕蔑《いくらけいべつ》されても爲方《しかた》がありません。

第九　井《いど》のなかの狐《きつね》

ある處《ところ》に狐《きつね》がありまして、過《あやま》つて井《いど》のなかえ落《お》ちたのです。狐《きつね》わ井側《いどがわ》え爪《つめ》を突立《つきた》てゝ、漸《やツ》と顏《かお》だけを水《みず》の上《うえ》え出《だ》して、悶躁《もが》いておりましたが、するうち狼《おうかみ》が一匹《いツぴき》やつて來《き》まして、上《うえ》から中《なか》を窺《のぞ》きました。狐《きつね》わ其《それ》を見《み》ると、縄《なわ》が一筋《ひとすじ》あれば助《たす》かるのだから、蔓望其《どうぞそ》の縄《なわ》を持《も》つて來《き》てくれ、と懇々《こんこん》頼《たの》みました。狼《おうかみ》も成程《なるほど》氣《き》の毒《どく》と思《おも》いまして、

『マアく狐《きつね》さん可哀《かあい》そうに、私《わたし》わ心《しん》からお氣《き》の毒《どく》に思《おも》つて居《お》りますよ。如何《どう》して又《また》そんな酷《ひど》い目《め》にお逢《あ》いなすつたの。』と種々《いろいろ》慰《なぐさ》めてやりました。

すると狐《きつね》が、『イヤ狼《おうかみ》さん、どうぞ私《わたし》を氣《き》の毒《どく》と思《おも》うなら、お弔《くや》みばかり言《い》つて居《い》ないで、早《はや》く何《なん》とかして助《たす》けて下《くだ》さいよ。他《ひと》が斯《こ》うして顋《あご》まで水《みず》に沈《しず》んで、死《し》ぬか生《い》きるかの苦《くるし》みをして居《い》るのに、口頭《くちさき》ばかりのお世辭《せじ》わ却《かえ》つてお怨《うら》みです。』

訓言《くんげん》 甘《うま》く言《い》うのも可《よ》いけれども、甘《うま》く行《おこな》うにわ如《し》かず。

解《かい》説《せつ》　他《ひと》の難《なん》儀《ぎ》を見《み》て、唯《たゞ》口《くち》先《さき》でお世《せ》辭《じ》を言《い》つて居《い》るばかりで、それを救《すく》う工《く》夫《ふう》に骨《ほね》折《お》らぬのわ、酷《ひど》い爲《し》方《かた》と云《い》うものです。不《ふ》時《じ》の不《ふ》幸《こう》こそ、平《へい》生《ぜい》の友《ゆう》誼《ぎ》を試《ため》す一《いち》番《ばん》好《よ》い機《き》會《かい》なのですから、其《その》時《とき》に互《たがい》に助《たす》け合《あ》わぬのわ嘘《うそ》でしよう。友《とも》達《だち》が榮《さか》えて居《い》る時《とき》に能《よ》く尋《たず》ねて行《い》く人《ひと》わありますが、扨《さて》落《おち》目《め》になると、本《ほん》心《しん》から尋《たず》ねて行《い》く人《ひと》わ寔《まこと》に鮮《すくな》いものだと云《い》う事《こと》です。

第十　盗《ぬすびと》と其《そ》の母親《はゝおや》

或《あ》る小供《こども》がありまして、學校《がくこう》で同級生《どうきうせい》の讀本《とくほん》を偸《ぬす》んで家《うち》え持《も》つて歸《かえ》りました。母親《はゝおや》わ其《そ》の手癖《てくせ》の惡《わる》いのを懲《こら》そうともせず、却《かえ》つて働《ばたら》きものだなどと譽《ほ》めたものですから、小供《こども》も好《い》いことに思《おも》い、大《おうき》くなるに従《したが》い、次《し》第《だい》に惡事《あくじ》が募《つの》つて、終《しまい》には隨《ずい》分《ぶん》金《かね》目《め》の物《もの》すら取《と》るようになりました。其《その》揚句《あげく》に到頭《とうく》裁判所《さいばんしよ》え送《おく》られ、處刑場《しおきば》に引《ひか》れて行《い》きました。それを見物《けんぶつ》しようと云《い》うので、多勢《おうぜい》の人《ひと》が従《つ》いて來《き》ましたが、其中《そのなか》に交《まじ》つて、母親《はゝおや》も我《わが》子《こ》の最後《さいご》を見屆《みとゞ》けようと、一《いつ》心《しん》に念佛《ねんぶつ》を唱《とな》えて泣《な》いて居《お》りますと、其姿《そのすがた》がちらつと盗《ぬすびと》の目《め》に入《はい》りました。盗《ぬすびと》わ役人《やくにん》に向《むか》い、『彼處《あすこ》に母《はゝ》が居《い》ますから、一《ひと》つ言遺《いゝのこ》しておきたいことがあります』と願《ねが》いますと、早速《さつそく》許《ゆる》されました。

盗《ぬすびと》わ母《はゝ》親《おや》の傍《そば》え行《ゆ》き、何《なに》か私語《さゝや》く振《ふり》で口《くち》を耳《みゝ》え當《あ》てると、其《そ》のまゝプツリと咬斷《かみき》つて了《しま》いました。それを見《み》ると、見物人《けんぶつにん》わ一時《いちじ》に怒《おこ》り出《だ》しましたが、盗《ぬすびと》わ、『皆《みな》さん、寔《まこと》にお可耻《はずか》しうございます。しかし、私《わたし》が斯様《こんな》になつたのも、元《もと》わといえば此《こ》の母《はゝ》のお蔭《かげ》です。私《わたし》が幼少《ちいさ》い時分《じぶん》、讀本《とくほん》を盗《ぬす》んで來《き》たのを、撲打擲《うちちようちやく》して懲《こら》してくれたなら、私《わたし》も正可《まさか》大人《おとな》になつて、斯様《こんな》處《ところ》えわ來《こ》なかつたのです』と嘆《なげ》きました。

訓《くん》言《げん》　叱《しか》り凝《こら》さねば却《かえ》つて其《その》子《こ》の身《み》の仇《あだ》となる。

解《かい》説《せつ》　悪《わる》い癖《くせ》わ早《はや》く防《ふせ》がねばなりません。少《すこ》しでも其《その》氣《け》振《ぶり》が見《み》えたら、根《ね》から絶《た》やさなければなりません。重《おも》い過《あやまち》を懲《こら》さずに置《お》くのわ、反《かえ》つて子《こ》供《ども》のためにわ殘《ざん》酷《こく》なのですから、此《こ》の愚《おろ》かな母《はゝ》のように、終《しまい》にわ躾《しつけ》のない子《こ》供《ども》から、不《ふ》孝《こう》の報《むくい》をも受《う》けるのです。

第十一　狼《おうかみ》と羊《ひつじ》

狼《おうかみ》と羊《ひつじ》とが長《なが》らく戰爭《いくさ》をして居《い》ましたが、到頭《とうく》或時《あるとき》戰爭《せんそう》を止《や》めようと云《い》う相談《そうだん》が持上《もちあが》りました。愈《いよい》よ平和談判《へいわだんぱん》が開《ひら》けて、お互《たがい》に人質《ひとじち》を取交《とりかわ》し、それを平和《へいわ》の保障《しるし》とすることに決《きま》り、狼《おうかみ》の申出《もうしで》で、羊《ひつじ》わ其《そ》の使《つか》つて居《い》る犬《いぬ》を渡《わた》して了《しま》い、狼《おうかみ》わ又《また》其《そ》の子供《こども》を羊《ひつじ》に渡《わた》すと云《い》う約束《やくそく》が出來《でき》て、早速《サツそく》其《それ》を實行《じつこう》しました。すると羊《ひつじ》の陣屋《じんや》に渡《わた》されたた狼《おうかみ》の子供《こども》が、親《おや》に離《はな》れたものですから、俄《にわか》にワイ〳〵いつて啼騷《なきさわ》ぎました。狼《おうかみ》わ其《それ》に附込《つけこ》んで、恁《か》く我々《われわれ》の子供《こども》が啼立《なきた》てる上《うえ》わ、平和條約《へいわじようやく》わ最早《もはや》や敵方《てきかた》から破《やぶ》るものと見做《みな》すのだと云《い》つて、ドン〱攻込《せめこ》んで行《い》きましたが、羊《ひつじ》の方《ほう》でわ、何《なに》しろ例《れい》の忠義《ちゅうぎ》な犬《いぬ》が居《い》ないのですから手《て》も足《あし》も出《で》ず、狼《おおかみ》のために散々《さんぐ》に攻殺《せめころ》されて了《しま》いました。

訓言《くんげん》 良《よ》き番人《ばんにん》わ危害《きがい》を防《ふせ》ぐ。

解説《かいせつ》 昔《むか》しマセドンのフヰリツプが、敵国《てきこく》アゼンスにデモセニスと云《い》う雄辯家《ゆうべんか》があつて兎角大望《とかくたいもう》の邪魔《じゃま》になる處《ところ》から、此方《こッち》え渡《わた》して了《しま》えと言出《いゝだ》しますと、デモセニスわ公衆《こうしう》に向《むか》つて、恰《ちよう》ど右《みぎ》の話《はなし》をして、今《いま》自分《じぶん》を棄《す》てるのわ、羊《ひつじ》が犬《いぬ》を敵《てき》に渡《わた》したと同《おな》じことだと言《い》つたそうです。又《また》此《こ》の物語《ものがたり》わ、前代《ぜんだい》の識者《しきしゃ》が國家社《こくかしゃ》會《かい》を護《まも》るために作《つく》っておいた法律《ほうりつ》や保障《ほしょう》わ、成《なる》べく大事《だいじ》にして置《お》く方《ほう》が好《い》いと云《い》う意味《いみ》になるのです。

第十二　蟹《かに》と蛇《へび》

蟹《かに》と蛇《へび》とが如何《どう》したことか、大層仲善《たいそうなかよし》になりましたが、蟹《かに》わ元來正直《がんらいしょうじき》ものですから、友達《ともだち》の蛇《へび》にも、嘘《うそ》や悪《わる》い事《こと》わせぬように、いろく忠告《ちうこく》してやりました。けれど蛇《へび》の天性《うまれつき》の悪《わる》い癖《くせ》わ如何《どう》しても直《なお》らず、段々《だんだん》危《あぶな》い方《ほう》え陥《お》ちて行《い》くものですから、蟹《かに》も愛相《あいそ》を盡《つか》し、其《そ》の寝《ね》て居《い》る處《ところ》を絞殺《しめころ》して了《しま》いました。而《そう》して、其《そ》の體《からだ》を眞《まつ》直《すぐ》に伸《のば》して居《い》る死骸《しがい》に向《むか》つて、『お前《まえ》さえ氣《き》を入換《いれか》えて、其《そ》のように眞《まつ》直《すぐ》に暮《くら》したら、こんな目《め》に逢《あ》う不幸《ふこう》もなかつたろうに……。』

訓言《くんげん》 正《たゞ》しき者《もの》と不正《ふせい》なる者《もの》とわ、遂《つい》に長《なが》く交《まじ》わることと能《あた》わず。

解説《かいせつ》 此《こ》の談話《はなし》の意味《いみ》わ、不釣合《ふつりあい》な交際《つきあい》わ爲《な》す勿《なか》れと云《い》うことです。悪《わる》い人《ひと》薄情《はくじょう》な人《ひと》と交《まじ》わりを結《むす》ぶのわ、寔《まこと》に輕卒《かるはずみ》な事《こと》で、如何《いか》に其人《そのひと》の性質《せいしつ》を改《あらた》めさせようと骨《ほね》を折《お》つて見《み》ても、其《それ》わ迚《とて》も徒爾《だめ》です。終《しまい》にわ此《こッ》方《ち》が腹《はら》が立《た》つようなことになるばかりです。

第十三　鷲《わし》と狐《きつね》

鷲《わし》が其《そ》の子《こ》に、何《なに》か餌《え》食《じき》を與《や》ろうと思《おも》い、四邊《あたり》を見《み》廻《まわ》して居《い》ますと、丁度《ちようど》一《いッ》匹《ぴき》の子《こ》狐《ぎつね》が向《むこ》うに日《ひ》向《なた》ぼつこを爲《し》て居《い》ました。此《こい》奴《つ》わ占《し》めた、と云《い》うので、早《さつ》速《そく》引《ひ》ツ攫《さら》つて行《い》こうとしますと處《ところ》え親《おや》狐《ぎつね》が出《で》て來《き》まして、後《ご》生《しよう》だから其《その》子《こ》を返《かえ》して下《くだ》さいと涙《なみだ》を流《なが》して頼《たの》みました。鷲《わし》わ自《じ》分《ぶん》の巣《す》が高《たか》い處《ところ》にありますから、假《たと》令《え》復《しか》讐《えし》をされても大《だい》丈《じよう》夫《ぶ》だ

と考《かんが》え、狐《きつね》の言《い》うことわ耳《みゝ》にもかけず、子《こ》狐《ぎつね》を浚《さら》つて行《い》つて了《しま》いました。哀《あわ》れな狐《きつね》わ深《ふか》く其《そ》の無《む》法《ほう》を怒《いか》り、如《ど》何《う》してくれようと種《いろ》々《く》考《かんが》えた揚《あげ》句《く》に、つい近《ちか》間《ま》の社《やしろ》に村《むら》の人《ひと》達《たち》の供《そな》えた炬《たい》火《まつ》がありましたから、其《それ》を口《くち》に啣《くわ》えて、鷲《わし》の巣《す》くつている樹《き》の傍《そば》え走《はし》つて行《ゆ》

き、下《した》から火《ひ》をつけて焼《や》こうと爲《し》ました。それを見《み》ると、遉《さすが》の鷲《わし》も驚《おどろ》きました。自《じ》分《ぶん》も子《こ》供《ども》も焼《やけ》死《し》んでわ堪《たま》らぬと思《おも》つたので、平《ひら》謝《あや》罪《まり》に謝《あや》罪《ま》つた上《うえ》に、子《こ》狐《ぎつね》をも返《かえ》して了《しま》いました。

訓《くん》言《げん》　人《ひと》を計《はか》れば己《おのれ》も又《また》計《はか》らる。

解《かい》説《せつ》　一《いっ》寸《すん》の虫《むし》にも五《ご》分《ぶ》の魂《たましい》とか云《い》いまして、いくら素《す》直《なお》なものでも、餘《あま》り苛《いじ》めようが劇《はげ》しくなれば、終《しまい》にわ怒《おこ》つて、何《どん》様《な》復《しか》讐《えし》をするか知《し》れません。人《ひと》を苦《くるし》めて居《お》いて、安《あん》全《ぜん》だと思《おも》って居《い》ると、其《その》足《あし》下《もと》から飛《と》んだ災難《さいなん》が湧《わ》いて來《く》るものです。

第十四　蜜壺《みつゝぼ》の黄蜂《きばち》

一群《ひとむれ》の黄蜂《きばち》がありまして、或日《あるひ》蜜壺《みつゝぼ》のなかえ飛込《とびこ》み、思《おも》う存分《ぞんぶん》に甘《あま》い蜜《みつ》を嘗《な》めて、連《しきり》に舌皷《したうち》をして居《い》ましたが、餘《あま》り嘗《な》め過《す》ぎて腹《はら》が脹《ふく》れた其上《そのうえ》に、羽《はね》が蜜《みつ》に喰着《くツつ》いて、何《ど》うにも斯《こ》うにも身動《みうごき》が出來《でき》ません。黄蜂《きばち》わ、是《これ》でわいくら甘《うま》い物《もの》を食《た》べても詰《つま》らぬ、と云《い》うことを熟々《つくぐ》悟《さと》つたようですが、もう追着《おツつ》きませんでした。

訓言《くんげん》　明日《あす》の苦《くるし》みとなる樂《たのし》みわ、之《これ》を愼《つゝし》め。

解説《かいせつ》　此《これ》わ世俗《せぞく》の快樂《かいらく》に耽《ふけ》つて、既《すで》に飽《あ》き疲《つか》れて居《い》ながら、其《その》係蹄《わな》から脱《ぬか》れ得《え》ぬほど心《こゝろ》を褫《うば》われる人達《ひとたち》えの好《よ》い戒《いましめ》です。習慣《しうかん》が人《ひと》を縛《しば》る力《ちから》ほど可恐《おそろし》いものわないので、樂《たのし》みに耽《ふけ》る人《ひと》わ、なかく其《それ》を思斷《おもいき》ることが出來《でき》ません。飲酒《いんしゆ》でも勝負事《しようぶごと》でも皆然《みなそ》うです。終《しまい》に身《み》を滅《ほろぼ》すまで氣《き》がつかず、氣《き》が著《つ》いても容易《ようい》に悛《あらた》めることが出來《でき》ぬのです。野心《やしん》や貪慾《どんよく》も矢張《やはり》其通《そのとう》りで、人《ひと》からヤンヤと喝采《かつさい》され、威張《いば》りたいのわ誰《たれ》も同《おな》じですが、其《そ》の爲《ため》に目《め》が暗《くら》んで、肝腎《かんじん》の高尚《こうしよう》な志望《しぼう》を忘《わす》れて了《しま》うなどわ、誠《まこと》に情《なさけ》ない話《はなし》です。

第十五　羊《ひつじ》の皮《かわ》を着《き》た狼《おうかみ》

黠《こす》い狼《おうかみ》がありまして、羊《ひつじ》の皮《かわ》を着《き》て姿《すがた》を變《か》え、羊《ひつじ》の仲間入《なかまいり》をしながら、片端《かたはし》から羊《ひつじ》を取《と》つて喰《く》いました。終《しまい》に牧羊者《ひつじかい》が見《み》つけまして、頸《くび》え繩《なわ》をかけ、傍《そば》の樹《き》に結《ゆわ》えつけておきますと、其處《そこ》え他《ほか》の牧羊者共《ひつじかいども》が遣《や》つて來《き》て喫驚《びつくり》し、『ヤア、お前《まえ》わ羊《ひつじ》を吊《つる》しておくのか』と不思議《ふしぎ》がりますから、『イヤ此《これ》わ羊《ひつじ》でわない、實《じつ》わ羊《ひつじ》の皮《かわ》を被《かぶ》つた狼《おうかみ》だ』と言《い》つて、其《そ》の化《ばけ》の皮《かわ》を剥《は》ぎました。すると皆《みん》なが『好《い》い氣《き》味《み》だ』と笑《わら》つたと云《い》うことです。

訓《くん》言《げん》　嘘《うそ》で得《え》た信《しん》用《よう》わ長《なが》くわ續《つゞ》かぬ。

解《かい》説《せつ》　僞《ぎ》善《ぜん》などの面《めん》を被《かぶ》つて自《じ》分《ぶん》の過《あやまち》を隠《かく》そうと云《い》うのわ、過《あやまち》に過《あやまち》を重《かさ》ねると云《い》うものです。

其《そ》の僞《ぎ》善《ぜん》の面《めん》を剥《は》ぐの

わ、誰《たれ》にしても愉快《ゆかい》に思《おも》います。西班牙《すぺいん》の諺《ことわざ》にも、『頭巾《ずきん》で顔《かお》隠《かく》すより、草《くさ》や薊《あざみ》を食《く》つた方《ほう》が優《まし》』と云《い》いまして、いくら貧乏《びんぼう》でも、道《みち》ならぬ富貴《ふうき》に比《くら》べてわ、何《ど》のくらい立派《りつぱ》であるか知《し》れません。

第十六　商人《しようにん》になつた牧羊者《ひつじかい》

海《うみ》の邊《そば》で羊《ひつじ》の番《ばん》をして居《い》た男《おとこ》が彼方《あち》此方《こち》と見廻《みまわ》しますと、海《うみ》わ誠《まこと》に穩《おだや》かで少《すこ》しの風《かぜ》もなく、舟《ふね》でも漕《こ》いだら何《どん》様《な》に好《よ》かろうと思《おも》われましたから、つい商人《しようにん》になつて何《ど》處《こ》かえ金《かね》儲《もうけ》に行《い》こうと思《おもい》つき、其處《そこ》で羊《ひつじ》を殘《のこ》らず賣拂《うりはら》つ

て棗子《なつめ》を澤山《たくさん》に仕《し》入《い》れ、舟支度《ふなじたく》をして乗出《のりだ》しました。處《ところ》が段《だん》々《ぐ》大海原《おおうなばら》え差《さし》かゝりますと、俄《にわ》かに颶風《はやて》が吹《ふ》いて來《き》まして、浪《なみ》わ白馬《しろうま》の暴《あば》れるように荒《あら》く、舟《ふね》わ忽《たちま》ち覆《くつが》えつて、漸《ようよ》うのこと板子《いたこ》一《いち》枚《まい》

に、後生大事《ごしょうだいじ》と掴《つかま》つて、生命《いのち》だけわ助《たす》かりました。此《これ》に懲《こ》り〲して、商人《しょうにん》わ思切《おもいき》つて再《ふたゝ》び元《もと》の羊飼《ひつじかい》になり、相《あい》變《かわ》らず羊《ひつじ》の番《ばん》をして居《い》ました。すると或日《あるひ》の事《こと》、海《うみ》わ又《また》何時《いつ》かのように奇麗《きれい》に凪《な》ぎ渡《わた》つて、牧羊者《ひつじかい》を誘《さそ》うように見《み》えましたが、今度《こんど》わ其手《そのて》に乗《の》りません、『お前《まえ》わ私《わし》を盲《めくら》と思《おも》うか、お前《まえ》わ未《ま》だ棗子《なつめ》が慾《ほ》しかろうが、然《そう》わ行《い》かない。』と云《い》つて笑《わら》いました。

訓言《くんげん》 幸福《こうふく》わ外《そと》にあらず心《こゝろ》に在《あ》り。

解説《かいせつ》 總《すべ》て不確實《ふたしか》な事《こと》の爲《ため》に、確實《たしか》な幸福《こうふく》を棄《す》てわ不可《いけ》ません。外面《うわべ》の美《うつく》しいのに惑《まどわ》されて輕卒《かるはずみ》な事《こと》をすると、飛《と》んだ酷《ひど》い目《め》に逢《あ》うものです。此《この》牧羊者《ひつじかい》が商人《しようにん》となつて所思《おもわく》どうりに行《い》きましたなら、更《さら》に慾張根性《よくばりこんじよう》が出《で》て、是《これ》に優《まさ》る災難《さいなん》に逢《あ》つたでありましようが、一度《いちど》で手《て》を焼《や》いたのわ未《ま》だしも幸福《しあわせ》です。世《よ》にわ現在《げんざい》の境遇《きよう ぐう》に滿足《まんぞく》せず、何《なに》か遣《や》りたい〳〵と思《おも》つて居《い》る人《ひと》が澤山《たくさん》あります。其様《そんな》人《ひと》わ得《え》て投機《とうき》の波《なみ》に目《め》が暗《くら》んで、荒海《あらうみ》に危險《きけん》を冒《おか》すようになるのですが、初度《はじめ》の失敗《しつぱい》で用心《ようじん》が深《ふか》くなれば幸福《しあわせ》、然《さ》もなければ飽《あ》くなき慾望《よくぼう》のために、益《ますま》す禍《わざわい》の深《ふか》みえ陥《はま》つて行《い》くばかりです。

第十七　鳥《とり》刺《さし》と蝮《まむし》

一人《ひとり》の鳥《とり》刺《さし》が黐《もち》竿《ざお》を提《さ》げて、鳥《とり》を捜《さが》して居《い》ますと、丁《ちょう》度《ど》其《そ》處《こ》の木《き》に小《こ》禽《とり》が囀《さえず》って居《い》ましたので、此奴《こいつ》わ旨《うま》いと、急《いそ》いで竿《さお》を手《て》頃《ごろ》に延《のば》し、一《いっ》生《しょう》懸《けん》命《めい》小《こ》禽《とり》を狙《ねら》って密《そッ》と近《ちかず》いて行《い》きますと、運《うん》わるく足《あし》下《もと》に居《い》た蝮《まむし》を蹈《ふみ》つけて了《しま》いました。すると蝮《まむし》わ喫《びっ》驚《くり》して、突如《いきなり》其《そ》の足《あし》に噛《かみ》ついたから堪《たま》りません、鳥《とり》刺《さし》わ痛《いた》さにジタバタ悶《も》躁《が》きながら、『アヽ、鳥《とり》の生《いの》命《ち》を取《と》ろうとした爲《ため》に、此方《こッち》が生《いの》命《ち》を取《と》られねばならぬのか。』

訓言《くんげん》　危《き》害《がい》を企《くわだ》つれば、必《かなら》ず危《き》害《がい》を蒙《こうむ》る。

解説《かいせつ》　此《これ》わ當《とう》然《ぜん》の話《はなし》です。科《とが》もない隣《りん》人《じん》を傷《あや》めようとすれば、其《その》足《あし》元《もと》から自《じ》分《ぶん》も不《ふ》測《そく》の禍《わざわい》を蒙《こうむ》るのわ正《せい》當《とう》の酬《むくい》です。

第十八　蚊《か》と獅《し》子《ゝ》

蚊《か》が一《いち》羽《わ》、ブンぐ言《い》いながら獅《し》子《ゝ》の傍《そば》え遣《や》つてまいりまして、『己《おれ》こそわお前《まえ》に悑《びく》ともするのでわないぞ。お前《まえ》の爪《つめ》も齒《は》も些《ちツ》とも可《こ》怕《わ》いとわ思《おも》わぬのだ。お前《まえ》よりも此《こ》の己《おれ》の方《ほう》が餘《よツ》程《ぽど》強《つよ》いと云《い》うことを知《しら》んのか。可悔《くやし》いと思《おも》うなら、サア己《おれ》と決《けつ》闘《とう》して見《み》ろ』と罵《のゝし》りました。

　すると獅《し》子《ゝ》が怒《おこ》るまいものか、何《なに》を小《こ》生《なま》意《い》氣《き》な、と唸《うな》り出《だ》し、サア來《こ》いと身構《みがま》えました。そこで蚊《か》わ嘴《くちばし》を尖《とが》らせて、獅《し》子《ゝ》の鼻《はな》の穴《あな》え飛《とび》込《こ》み、又《また》わ

目《め》や口《くち》の邊《あたり》を、濫《むやみ》にチクく刺《さ》しまわりました。獅《し》子ゝわ愈《いよい》よ苛《いら》つて、唯《たゞ》一《ひと》撃《うち》と焦《あせ》り、我《われ》と我《わが》躰《からだ》を掻《かき》裂《むし》り、散《さん》々《ぐ》に創《きず》を拵《こしら》えて、到《とう》頭《く》弱《よわ》つて引《ひツ》込《こ》んで了《しま》いました。

蚊《か》わそれご覧《らん》と言《い》わぬばかりに、凱《かち》歌《どき》をあげて引《ひ》きあげましたが、間《ま》もなく蜘《く》蛛《も》の巣《す》にかゝつて、手《て》足《あし》を縛《しば》られ、脆《もろ》くも其《そ》の餌《え》食《じき》となつて了《しま》いました。

其《そ》の死《しに》際《ぎわ》に蚊《か》が、『ア、、獅《し》子ゝほどの手《て》剛《ごわ》い敵《てき》を悩《なや》ました己《おれ》が、蜘《く》蛛《も》のような下《か》等《とう》な虫《むし》に取《とり》殺《ころ》されるとわ、何《な》んと情《なさけ》ないことだ。』と熟《つく》々《ぐ》嘆《たん》息《そく》したそうです。

訓《くん》言《げん》　小《しよう》事《じ》を侮《あなど》るな。

解説《かいせつ》 小敵《しようてき》と見《み》て侮《あなど》れば、反《かえ》つて不覺《ふかく》を取《と》るのです。昔《むか》し或《ある》英雄《えいゆう》わ、蠅《はい》に咽喉《のど》を刺《さ》されて死《し》にました。又有《ゆう》名《めい》な或《ある》詩人《しじん》わ、葡萄《ぶどう》の核子《たね》に息《いき》が窒《つま》つて死《し》んだと云《い》います。獅子《しゝ》わ毛族仲間《けものなかま》の覇王《はおう》でありますけれど、僅《わず》か一羽《いちわ》の蚊《か》に手出《てだし》もできず、我《われ》と我爪《わがつめ》で大怪我《おうけが》をしたなどわ弱《よわ》いものや小《ちいさ》いものを見《み》くびる人《ひと》の好《い》い誡《いましめ》です。又《また》此《こ》の話《はなし》で、世《よ》のなかの變《かわ》り易《やす》く、富貴權勢《ふうきけんせい》も頼《たの》みにならぬ理窟《りくつ》が判《わか》ります。ですからソロンも『死《し》ぬまでわ、誰《たれ》をも幸福《こうふく》と思《おも》うな』とわ云《い》つたのです。

第十九　牝《め》豚《ぶた》と狼《おうかみ》

ある牝《め》豚《ぶた》が、近頃《ちかごろ》産《うま》れたばかりの小供《こども》と一所《いつしよ》に寝《ね》て居《お》りますと、其《そ》の小《こ》豚《ぶた》を狙《ねら》う狼《おうかみ》が、如何《どう》したら巧《うま》く手《て》に入《い》れられるかと、種々《いろいろ》思案《しあん》の末《すえ》、先《ま》づ牝《め》豚《ぶた》の氣嫌《きげん》を取《と》ろうと、其《その》側《そば》えやつて來《き》まして、『お家婦《かみ》さん今日《こんにち》わ。皆《みな》さんお變《かわ》りもありませんか。何《なに》か又《また》お子《こ》さんのお世話《せわ》なら、私《わたし》が致《いた》しますから、外《そと》え出《で》て些《ちツ》と遊《あそ》んでお出《いで》なさい。私《わたし》が見《み》ておれば、少《すこ》しもご心配《しんぱい》わいりません。』

其《その》時《とき》豚《ぶた》わ、『有難《ありがと》うございますが、貴方《あなた》の御料《ごりよう》見《けん》わ丁《ちやん》と解《わか》つて居《お》ります。遠慮《えんりよ》なく申《もう》せば此處《こゝ》にお在下《いでくだ》さるより、

サッサと早《はや》くお帰《かえ》りを願《ねが》いとうございます。貴方《あなた》に御《ご》親切《しんせつ》がお有《あ》りなさるなら、どうか狼《おうかみ》らしく二度《にど》と顔《かお》出《だし》をなさらんようにお願《ねが》いします。』

と言《い》つて峻《はね》拒《つ》けました。

訓言《くんげん》　見知《みし》らぬ人《ひと》の親切《しんせつ》わ疑《うたが》わしいものと知《し》れ。

解説《かいせつ》　若《わか》き人《ひと》わ、總《すべ》て誰《たれ》に

も胸《むね》を打明《うちあ》けて、更《さら》に人《ひと》を疑《うたが》いませぬから、飛《と》んでもない係蹄《わな》にかけられることがあります。價値《ねうち》のある人《ひと》わ、我《われ》から進《すゝ》んで人《ひと》に知《し》られるような事《こと》わ決《けつ》して爲《し》ません。蘇格蘭《スコットランド》の諺《ことわざ》にも、『友誼《ゆうぎ》を結《むす》ぶ前《まえ》に一盃《いっぱい》の鹽《しお》を嘗《な》めよ』と云《い》う事《こと》があります。兎角《とかく》お世辭《せじ》を言《い》うものにわ、油斷《ゆだん》がなりません。

第二十　葡萄園《ぶどうえん》

正直《しょうじき》に稼《かせ》ぎましたお蔭《かげ》に、可也《かなり》豊《ゆた》かに暮《くら》して居《い》た農夫《のうふ》がありました。何卒《どうか》自分《じぶん》の子供達《こどもたち》も、不自由《ふじゆう》なく暮《くら》させてやりたいものと、死際《しにぎわ》に皆《みな》を枕頭《まくらもと》え呼寄《よびよ》せて、『私《わし》ももうお前達《まえたち》と別《わか》れて了《しま》うのだが、其前《そのまえ》に言聴《いゝきか》せておく事《こと》がある。外《ほか》でもないが、あの葡萄園《ぶどうえん》に私《わし》が日頃《ひごろ》澤山《たくさん》の財寶《たから》を埋《う》めておいたから、死《し》んだあとで、幾度《いくど》も〳〵善《よ》く堀返《ほりかえ》して探《さが》して見《み》るが可《い》い。』

子供達《こどもたち》わ葬禮《とむらい》が濟《す》んでから、名々《めいく》手々《てんで》に鋤鍬《すきくわ》を持出《もちだ》しまして、葡萄園《ぶどうえん》を隅《すみ》から隈《すみ》まで幾度《いくたび》となく堀返《ほりかえ》し、草《くさ》まで振《ふる》つて見《み》ましたが、一向《いつこう》に寳《たから》わ出《で》ませんでした。處《ところ》が其《そ》の所爲《せい》でか、其年《そのとし》わ何時《いつ》にない葡萄《ぶどう》の出來《でき》が好《よ》くて、莫大《ばくだい》の收穫《とりいれ》がありましたので、初《はじ》めて謎《なぞ》の意味《いみ》を覺《さと》つたと云《い》います。

訓言《くんげん》　勤勉《きんべん》わ好運《こううん》の右《みぎ》の手《て》の如《ごと》し。

解説《かいせつ》　此《こ》の父《ちゝ》わ計《はかりごと》を以《も》つて勤労《きんろう》の徳義《とくぎ》と利益《りえき》を實地《じつち》に教《おし》えたのです。葡萄園《ぶどうえん》にわ實際《じつさい》の財寶《たから》があつたのです。吾等《われら》も陰《かく》れた寶《たから》を得《え》ようと云《い》うにわ、精々《せいぐ》働《はたら》かねばなりません。何《なに》か勞働《ろうどう》をしなければ、決《けつ》して幸福《こうふく》わ得《え》られぬものです。

第二十一　乗《じよう》馬《ば》と驢《ろ》馬《ば》

ある驢《ろ》馬《ば》が重《おも》荷《に》を負《お》うて、ノソ〳〵歩《ある》いて居《い》ますと、一《いつ》匹《ぴき》の馬《うま》が、それわ綺《き》麗《れい》な馬《ば》具《ぐ》を著《つ》けてセツセと馳《か》けて來《き》ましたが、驢《ろ》馬《ば》を見《み》ると、『ヤイ邪《じや》魔《ま》だ、傍《わき》え寄《よ》らぬか。ぐず〳〵して居《い》ると蹄《ひづめ》で蹴《け》殺《ころ》してくれるぞ』と可《お》恐《そろ》しい權《けん》幕《まく》で呶《ど》鳴《な》りつけました。併《しか》し、驢《ろ》馬《ば》わ默《だま》つて、道《みち》を避《よ》けてやりました。

其《その》後《ゝち》戰《いくさ》があつて、其《その》馬《うま》わ大《たい》層《そう》な創《きず》を受《う》け、不《かた》具《わ》になつて農《のう》家《か》に賣《う》られ、重《おも》い荷《に》車《ぐるま》を挽《ひ》いてトボ〳〵遣《や》つて來《き》ますのを、驢《ろ》馬《ば》が見《み》つけて、『そうだ、何《なん》でもあの馬《うま》わ去《いつ》頃《ぞや》

己《おれ》を脅《おど》かした奴《やつ》に違《ちがい》ない』と思《おも》いましたから、其《そ》の側《そば》えやつて來《き》まして、『ヤイ、此間《このあいだ》のように威《い》張《ば》れるなら威張《いば》つて見《み》ろ。己《おれ》わ其《そ》の状《さま》を見《み》ても、少《すこ》しも氣《き》の毒《どく》とわ思《おも》わぬぞ。』

訓言《くんげん》　高慢《こうまん》の後《あと》にわ恥辱《ちじょく》あり。

解説《かいせつ》　高慢《こうまん》わ如何《いか》にしても、利《ため》になるものでわありません。

位地《いち》の高《たか》い低《ひく》いに拘《かゝわ》らず、慎《つゝし》むべきわ高慢《こうまん》です。零《れい》落《らく》した時《とき》、人《ひと》から氣《き》味《み》がよいと云《い》つて笑《わら》われるばかりです。

第二十二　獅《し》子《ゝ》と驢《ろ》馬《ば》

或《ある》時《とき》のこと、驢《ろ》馬《ば》が大《だい》胆《たん》にも獅《し》子《ゝ》に向《むか》つて種《いろ》々《く》侮《ぶ》辱《じよく》を加《くわ》えました。すると獅《し》子《ゝ》わ、初《はじ》めこそ牙《きば》を鳴《なら》して怒《おこ》りましたが、驢《ろ》馬《ば》を相《あい》手《て》に怒《おこ》るでもあるまい、と思《おもい》直《なお》しまして、『いくらでも悪《あく》口《こう》つくが可《い》い。己《おれ》わ貴《き》様《さま》に介《か》意《ま》つて居《い》る遑《いとま》わない。併《しか》し貴《き》様《さま》の生《いの》命《ち》の助《たす》かるのわ、性《せい》質《しつ》が卑《いや》しい爲《ため》だと思《おも》つて居《い》ろ。』

訓《くん》言《げん》　野《や》鄙《ひ》なる者《もの》わ輕《けい》蔑《べつ》を以《も》つて遇《ぐう》するを賢《かしこ》しとす。

解《かい》説《せつ》　性《せい》質《しつ》野《や》鄙《ひ》なるものありて、我《われ》に侮《ぶ》辱《じょく》を加《くわ》え争《あらそい》を挑《いど》みなば、宜《よろ》しく冷《れい》笑《しょう》を以《も》つて酬《むく》うべき

であります。躍起《やくき》となつて争《あらそ》うなどわ却《かえ》つて己《おのれ》の品《ひん》位《い》を損《そん》ずるばかりです。

第二十三　狼《おうかみ》と仔《こ》羊《ひつじ》と山羊《やぎ》

仔《こ》羊《ひつじ》が山羊《やぎ》に育《そだ》てられて居《い》るのを見《み》て、お干渉家《せツかい》な狼《おうかみ》が、『もし仔《こ》羊《ひつじ》さん、貴方《あなた》の養《やしな》われて居《い》るわ、貴方《あなた》の阿母《おツか》さんでわありませんよ。貴方《あなた》の阿母《おツか》さんわ彼處《あすこ》に居《い》ますよ。』と向《むこ》うの羊《ひつじ》の群《むれ》を指《ゆび》さして教《おし》えました。

すると仔《こ》羊《ひつじ》が、『アヽ然《そ》うかも知《し》れません。併《しか》し、此《こ》の慈《じ》悲《ひ》深《ぶか》い山羊《やぎ》わ、眞實《ほんとう》の阿母《おツか》さんと同《おな》じに、私《わたし》の世《せ》話《わ》もしてくれますし、お乳《ちゝ》も不足《ふそく》のないようにと、仔山羊《こやぎ》にさえ分量《ぶんりよう》を限《かぎ》つて飲《の》ます位《くらい》ですから、自分《じぶん》の母《はゝ》と見做《みな》して、少《すこ》しも差閊《さしつかえ》わありません。今日《きよう》まで育《そだ》てゝもらつた恩《おん》を思《おも》えば、子《こ》たる者《もの》の義《ぎ》務《む》わ飽《あく》まで盡《つく》さなければなりません。』

訓言《くんげん》　我子《わがこ》を育《はぐゝ》まざる者《もの》わ悪《あく》魔《ま》よりも酷《むご》し。

解説《かいせつ》　子供《こども》が親《おや》より受《う》くべき養《よう》育《いく》の恩《おん》を、他人《たにん》に受《う》けた場合《ばあい》にわ、其《そ》の受《う》けた恩《おん》恵《けい》と均《ひと》しい愛《あい》情《じよう》を以《も》つて恩《おん》人《じん》に報《むく》うべきでありましよう。

第二十四　占星者《ほしうらない》と旅人《りよじん》

或《あ》る占星者《ほしうらない》がありまして、連《しきり》と星《ほし》を眺《なが》めて居《い》るうちに、過《あやま》って濠《ほり》え落《お》ちて了《しま》いました。すると通《とうり》かゝりの旅人《たびゞと》が、『君《きみ》よ、今《いま》の失敗《しツばい》に鑑《かんが》みたなら、星《ほし》の進行《しんこう》を詮索《せんさく》する隙《ひま》に、ちと君《きみ》自身《じゝん》の足下《あしもと》にお注意《きをつけ》なさい。』

訓言《くんげん》　汝自身《なんじじゝん》の事業《じぎよう》を心《こゝろ》せよ。

解説《かいせつ》　他人《たにん》の運命《うんめい》を彼是《かれこれ》詮議《せんぎ》する暇《ひま》があつたら、自分《じぶん》の身《み》のうえを注意《ちうい》するのが肝要《かんよう》です。立身出世《りつしんしゆつせ》を望《のぞ》む

第二十四　占星者と旅人

ものわ、兎《と》角《かく》着《ちゃく》實《じつ》の手《しゅ》段《だん》を實《じつ》行《こう》しないで、無《む》益《えき》の空《くう》想《そう》に時《とき》を費《ついや》すのですが、其《それ》でわ何《なん》の效《こう》もありません。未《み》來《らい》の空《くう》想《そう》より、先《ま》ず現《げん》在《ざい》、務《つと》むべき事《こと》を怠《おこた》らぬ心《こゝろ》懸《がけ》が大《たい》切《せつ》です。今《いま》わ天《てん》文《もん》學《がく》が開《ひら》けて、星《ほし》占《うらな》いなどわ廢《すた》れて了《しま》いましたが、未《ま》だ〳〵其《それ》に迷《まよ》わされるような人《ひと》がないとわ限《かぎ》りません。

第二十五　鳶《とび》と鳩《はと》

一《いち》羽《わ》の鳶《とび》が、鳩《はと》を浚《さら》おうと云《い》う腹《はら》で、連《しきり》と鳩《はと》小《ご》屋《や》の居《い》周《まわり》を飛《と》んで居《お》りましたが、敏《すば》捷《しこ》い鳩《はと》のことですから、な

第二十五　鳶と鳩

かく巧《うま》く行《い》きません。其處《そこ》で一計《いっけい》を案《あん》じ出《だ》して、或日《あるひ》折《おり》を見《み》て鳩《はと》に向《むか》い、『私《わたし》の惡氣《わるぎ》のないことわ皆《みな》さん御承知《ごしょうち》の筈《はず》です。私《わたし》わ貴方《あなた》がたの權利《けんり》や自由《じゆう》を護《まも》つてあげようとこそ思《おも》え、皆《みな》さんを苛《いじ》めるような惡《わる》いことを爲《す》る氣遣《きづかい》わ、少《すこ》しも有《あ》りません』と云《い》つて、鳩《はと》の安心《あんしん》するように、同盟《どうめい》條約《じょうやく》を結《むす》び、其上《そのうえ》で、自《じ》分《ぶん》を鳩《はと》の王《おう》とせよと說《と》きました。鳩《はと》わ從順《すなお》ですから一《いっ》も二《に》もなく鳶《とび》の云《い》い分《ぶん》を通《とう》して、立派《りっぱ》な式《しき》を擧《あ》げ、鳶《とび》を王位《おうい》に即《つ》けて、皆《みな》で忠義《ちゅうぎ》を盡《つく》そうと誓《ちか》いました。すると間《ま》もなく、鳶《とび》わ鳩《はと》を取《と》つて食《く》う特權《とくけん》があると云《い》い出《だ》して、自分《じぶん》わ素《もと》より、眷族共《けんぞくども》にも其《それ》を吹聽《ふいちょう》したものですから、哀《あわれ》な鳩《はと》わ蒼息《あおいき》を吐《つ》いて、『こんな事《こと》と知《し》つたら、鳶《とび》を仲間《なかま》え入《い》れるのでわなかつた。』と嘆《こぼ》したと云《い》うことです。

訓言《くんげん》　試《ため》さずして人《ひと》を信《しん》ずれば、死《し》に先《さきだ》つて悔《く》いあり。

解説《かいせつ》　職業《しょくぎょう》朋友《ほうゆう》の選択《せんたく》を等閑《ゆるがせ》にすれば、必《かなら》ず不測《ふそく》の禍《わざわい》があります。其人《そのひと》の性行《せいこう》を能《よ》くも詮議《せんぎ》をしないで、保証《ほしょう》に立《た》つたり、身《み》の上《うえ》を引受《ひきう》けたりして、自分《じぶん》に災難《さいなん》を蒙《こうむ》るなどわ、世間《せけん》に往々《おうおう》見受《みう》けることです。突如《いきなり》に信用《しんよう》するのわ、不意《ふい》の後悔《こうかい》を招《まね》く基《もと》です。

第二十六　家《いえ》鼠《ねずみ》と山《やま》鼠《ねずみ》

家《いえ》鼠《ねずみ》が、或《ある》時《とき》思《おも》い立《た》つて山《やま》鼠《ねずみ》の處《ところ》へ遊《あそ》びに行《い》きますと、山《やま》鼠《ねずみ》の家《いえ》わ、丁度《ちようど》樅《もみ》の木《き》の下《した》にあつて、掃除《そうじ》もなかく行届《ゆきとゞ》いて居《い》ました。山《やま》鼠《ねずみ》わ、ソレお客《きやく》さまと云《い》うので、草《くさ》の根《ね》やら木《き》の芽《め》やら、有《あり》たけの御《ご》馳《ち》走《そう》をしましたが、誰《たれ》でも御《ご》馳《ち》走《そう》になる時《とき》わ、嫌《きら》いな物《もの》でも旨《うま》そうに食《た》べるのが人《にん》情《じよう》ですから、家《いえ》鼠《ねずみ》も析《せッ》角《かく》の御《ご》馳《ち》走《そう》に惡《わる》い顔《かお》も出《で》來《き》ず、嬉《うれ》しそうに食《た》べてわ居《い》るものゝ、何《なに》分《ぶん》にも不《ま》味《ず》くて咽《の》喉《ど》えわ通《とう》りません。それで常《いつ》時《も》の半《はん》分《ぶん》も食《た》べずに、漸《やッ》と其《その》場《ば》を退《さが》り、翌《よく》日《じつ》山《やま》鼠《ねずみ》を自《じ》分《ぶん》の家《いえ》で御《ご》馳《ち》走《そう》する約《やく》束《そく》をして歸《かえ》り

ました。
此《こ》の家《いえ》鼠《ねずみ》わ、始《し》終《ゞう》穀《こめ》倉《ぐら》に栖《す》んで居《い》るのですから、食《たべ》物《もの》もなかなか贅《ぜい》澤《たく》です。ですから山《やま》鼠《ねずみ》がまいりますと、早《さつ》速《そく》玉《とう》蜀《もろ》黍《こし》や小《こ》麥《むぎ》や麪《ぱ》麭《ん》の片《きれ》などを持《もち》出《だ》しまして、盛《さか》んに饗《もて》應《な》すのでした。山《やま》鼠《ねずみ》わ、今《いま》迄《ゝで》見《み》も知《し》らぬ御《ご》馳《ち》走《そう》を並《なら》べられたので、唯《たゞ》もう銷《た》魂《ま》げて、連《しきり》に感《かん》心《しん》して居《い》ましたが、『此《こ》様《ん》な美《み》事《ごと》な品《しな》々《ぐ》わ、一《いつ》體《たい》何《ど》處《こ》からお取《とり》寄《よ》

せになりました』と尋《たず》ねて見《み》たのです、すると家《いえ》鼠《ねずみ》わ爲《し》たり顔《がお》で、是等《これら》の品《しな》わ、皆《み》な夫々《それぐ》澤山《たくさん》に倉《くら》や臺所《だいどころ》に貯《たくわ》えてあるので、忍《しのび》込《こ》んで取《と》つて來《く》るのわ、何《なん》の造作《ぞうさ》もないことです、と言《こと》巧《ば》みに話《はな》して聞《きか》せ、尚《なお》其《その》上《うえ》に、お互《たがい》に山《やま》などに住《す》んで居《い》るより、家《いえ》のうちに住《す》んで居《い》る方《ほう》が、迴《はる》かに幸《しあわせ》だと云《い》うことをも話《はな》して居《い》ますと、丁度《ちようど》其時《そのとき》ガサガサと藁《わら》を踏《ふ》んで來《く》る足音《あしおと》が聞《きこ》えたのです。サアそれを聞《き》くと、家《いえ》鼠《ねずみ》わ急《きゆう》に顔《かお》の色《いろ》が變《かわ》つて、『お靜《しず》かに〳〵』と言《い》つて、息《いき》を殺《ころ》して、小《ちいさ》くなつて居《い》ました。處《ところ》え何時《いつ》の間《ま》にやら、ノソ〳〵大《おうき》な猫《ねこ》が現《あらわ》れまして、『己《おれ》の主人《しゆじん》の倉《くら》え忍《しのび》込《こ》んで居《い》る奴《やつ》わ何者《なにもの》だ』と喚《わめ》きました。

其聲《そのこえ》が家中《いえじう》に響《ひゞ》き渡《わた》つたものですから、山鼠《やまねずみ》が驚《おどろ》くまいことか、悚《すく》み上《あが》つて、『これが町《まち》に住《す》むお前《まえ》さんの幸《しあわせ》なら、其《それ》も可《い》いかも知《し》らんが、私《わたし》わまあ御免《ごめん》です。是《これ》よりか、貧《まず》しくとも氣《き》の置《お》けない穴《あな》え潛《もぐ》つて、粗末《そまつ》でも安心《あんしん》な野菜《やさい》を食《た》べて居《い》た方《ほう》が餘程《よッぽど》好《い》い。』

訓言《くんげん》　知《し》らぬ他人《たにん》に依頼《いらい》するよりわ、却《かえ》つて己《おの》が貧《まず》しき生活《せいかつ》に安《やす》んずるに如《し》かず。

解説《かいせつ》　現在《げんざい》の生活《せいかつ》より、もつと好《い》い生活《せいかつ》を爲《し》ようと云《い》うのわ、向上《こうじょう》の精神《せいしん》から來《く》るのですから強《あなが》ち惡《わる》いことではありません。眞面目《まじめ》に行《や》りさえすれば、却《かえ》つて其《それ》が良《よ》いのですが、唯《たゞ》妄《むやみ》に自分《じぶん》の境遇《きょうぐう》に不滿《ふまん》を抱《いだ》くのわ、宜《よろ》しくありません。田舍《いなか》の人《ひと》が、派手《はで》な都會《とかい》の生《せい》活《かつ》を羨《うらや》むなども、大抵《たいてい》わ浮《う》いた心《こゝろ》からなのです。

第二十七　燕《つばめ》と亞麻《あま》

農夫《のうふ》が畑《はた》で亞麻《あま》の種蒔《たねまき》をして居《い》るのを、燕《つばめ》が見《み》て外《ほか》の鳥《とり》仲間《なかま》に向《むか》い、『あの亞麻《あま》こそ行々《ゆくゆく》わ捕鳥者《とりとり》の網《あみ》に作《つく》る糸《いと》を取《と》るものです。あの亞麻《あま》の爲《ため》に罪《つみ》もない吾々《われわれ》仲間《なかま》が、何《ど》のくらい生命《いのち》を奪《と》られるか知《し》れませんから、今《いま》のうちに力《ちから》を合《あわ》せて、あの種《たね》を啄《つゝ》き潰《つぶ》して了《しま》おうでわないか』と勧《すゝ》めましたが、他《ほか》の鳥《とり》わ平氣《へいき》で、進《すゝ》んで骨《ほね》折《お》る者《もの》がありませんでした。するうち日《ひ》數《かず》が經《た》つて、亞《あ》麻《ま》わ地《じ》面《めん》に芽《め》を吹《ふき》出《だ》しました。

燕《つばめ》わ氣《き》が氣《き》でなく、愈《いよい》よ危《あぶな》いから、此上《このうえ》生《せい》長《ちよう》せぬうちに芽《め》を枯《から》して了《しま》おうと言《い》いましたが、誰《たれ》ひとり其《そ》の警《いま》告《しめ》を聴《き》きません。すると、亞《あ》麻《ま》わ段《だん》々《く》育《そだ》つて、はや高《たか》い莖《くき》となりました。燕《つばめ》わ今《いま》のうちならまだ晩《おそ》くもないから、早《はや》く亞《あ》麻《ま》を枯《から》して了《しま》おうと、頼《たの》むように言《い》いましたが、其《そん》様《な》に怖《おそ》るゝことわないと言《い》つて、反《かえ》つて燕《つばめ》を愚《おろか》な豫《よ》言《げん》者《じや》よと嗤《わら》いました。燕《つばめ》わいくら説《せツ》法《ぼう》しても効《こう》がありませんから、亞《あ》麻《ま》が網《あみ》に編《あま》れぬ前《まえ》に、こんな思《し》慮《りよ》の足《た》りない仲《な》間《かま》を脱《ぬ》けようと、愈《いよい》よ森《もり》を見《み》棄《す》てゝ其《それ》からと云《い》うものわ常《つね》に人家《じんか》に住《すま》うことに決《き》めたと云《い》うことです。

訓言《くんげん》　豫《よ》防《ぼう》わ療《りよう》治《じ》に優《まさ》る。

解説《かいせつ》　災《さい》厄《やく》の黑《くろ》雲《くも》わ、豫《あらか》じめ其《その》影《かげ》を現《あらわ》しても、世《よ》の人《ひと》わ却《かえ》つて其《そ》の危《き》險《けん》に目《め》を閉《と》じて、豫《よ》防《ぼう》の時《じ》機《き》を迂《う》闊《かつ》に過《すご》して了《しま》うのです。先《せん》見《けん》の明《めい》もない人《ひと》が、友《ゆう》人《じん》の有《ゆう》益《えき》な忠《ちう》告《こく》を仇《あだ》に聞《きゝ》流《なが》して、後《あと》で自《じ》分《ぶん》の愚《おろか》なことに氣《き》がついても、其時《そのとき》わもう取《とり》返《かえし》がつかぬのです。濟《さい》度《ど》し難《がた》いとわ是等《これら》の頑固《がんこ》な人達《ひとたち》を言《い》うのでしよう。

第二十八　海狸《かいり》

海狸《かいり》は主《おも》に水《みず》に棲《す》む動物《どうぶつ》でありますが、其《そ》の體《からだ》の或部《あるぶ》分《ぶん》が薬《くすり》になる處《ところ》から、屢《しばく》獵《かり》とられて殺《ころ》されるのです。或《ある》時《とき》一《いつ》匹《ぴき》の海狸《かいり》が、酷《ひど》く犬《いぬ》に追詰《おいつ》められまして、如何《いか》んとも遁路《にげみち》がなかつたものですから、其處《そこ》で自分《じぶん》が斯様《こんな》に窘《くる》しめられる原因《げんいん》を思出《おもいだ》し、非常《ひじょう》の決心《けつしん》で其《そ》の薬《くすり》になる體《からだ》の部《ぶ》分《ぶん》を噛切《かみき》り、其《それ》を獵夫《かりうど》に投《なげ》つけて、初《はじ》めて生命《いのち》を助《たす》かつたと云《い》います。

訓言《くんげん》　皮膚《ひふ》わ衣類《いるい》より貴《たっと》し。

解説《かいせつ》　生命《せいめい》わ、自然《しぜん》の死《し》に至《いた》るまでわ、大切《たいせつ》にしなければなりません。此《こ》の話《はなし》で學《まな》ぶべきことわ二つあります。即《すなわ》ち生命《いのち》危《あやう》き時《とき》わ、名譽《めいよ》を除《のぞ》く外《ほか》わ、總《すべ》て犠牲《ぎせい》に供《きょう》すべき事《こと》、二種《ふたいろ》の災《さい》難《なん》に遇《あ》つた場合《ばあい》わ小《ちいさ》い方《ほう》

を取《と》るべき事《こと》。

第二十九　猫《ねこ》と狐《きつね》

さる處《ところ》の森《もり》の中《なか》で、狐《きつね》と猫《ねこ》と潜《ひそ》々く話《はなし》をして居《い》ました。狐《きつね》の云《い》うにわ、『己《おれ》わたとい、何如《どん》な變事《へんじ》があつても、種《いろ》種策《いろて》があるから些《ちッ》とも恐《おそ》れないが、お前《まえ》わ一體《いッたい》、敵《てき》に襲《おそ》われたら、如何《どう》して脱《のが》れる意《つもり》だ。』するると猫《ねこ》が、『私《わたし》にわ唯《たッ》た一《ひと》つしか有《あり》ませんから、其手《そので》で行《い》かなければ、迚《とて》も助《たす》からないのです。』と答《こた》えました。狐《きつね》わ又《また》『其《それ》でわ定《さだ》めて心《こゝろ》細《ぼそ》かろう。私《わたし》が一《ひと》つ二《ふた》つ好《い》い智《ち》慧《え》を假《か》してあげましょう』と鼻《はな》を高《たか》くして誇《ほこ》って居《い》る其《その》言《ことば》の未《ま》だ畢《おわ》らぬうち、一《ひと》群《むれ》の獵《りよう》犬《けん》がワン〱言《い》って吠《ほ》えながら驅《か》けて來《き》ましたので、猫《ねこ》わ唯《たゞ》一《ひと》つしかない自《じ》分《ぶん》の策《て》を出《だ》しまして、早《さつ》速《そく》高《たか》い樹《き》の枝《えだ》え上《のぼ》り、丁《ちやん》と坐《すわり》込《こ》んで、狐《きつね》の様《よう》子《す》を見《み》て居《お》りました。處《ところ》が狐《きつね》わ逃《にげ》隱《かく》れる拍《ひよう》子《し》を取《とり》脱《はず》し、種《いろ》々《く》と奥《おく》の手《て》を出《だ》して見《み》ましたが、其《その》効《こう》がな

く、到頭《とうとう》追《お》つかれて噛殺《かみころ》されて了《しま》いました。

訓言《くんげん》　全《まった》く策《さく》なきわ素《もと》より危《あやう》し、併《しか》し餘《あま》りに策《さく》多《おお》きものも亦《また》危《あやう》し。

解説《かいせつ》　一生涯《いっしょうがい》の中《うち》、確《たし》かな目的《もくてき》一《ひと》つを選《えら》んで、固《かた》く守《まも》つて居《お》れば、必《かなら》ず成功《せいこう》するのです。種々《いろいろ》に才《さい》を働《はたらか》そうとしたり、智慧《ちえ》を振廻《ふりまわ》そうとすると、却《かえ》つて芒蜂取《あぶはちと》らずに終《おわ》つて了《しま》います。

第三十　猫《ねこ》と鼠《ねずみ》

ある人家《じんか》に澤山《たくさん》の鼠《ねずみ》が居《い》るとの噂《うわさ》を聞《き》きまして、猫《ねこ》が早速出《さつそくで》かけて、種々《いろ〱》工夫《くふう》を運《めぐ》らして其《それ》を捕殺《とりころ》し、先當分《まずとうぶん》わ御馳走《ごちそう》に不自由《ふじゆう》がありませんでした。處《ところ》が鼠《ねずみ》の方《ほう》でも用心《ようじん》をしまして、皆《みん》な言《いゝ》合《あわ》して穴《あな》の中《なか》え閉籠《とじこも》り、迂濶《うつかり》出《で》歩《ある》かぬと云《い》うことにしました。猫《ねこ》わ大《おうき》に的《あて》が違《ちが》いましたが、併《しか》し更《さら》に工夫《くふう》を凝《こら》し、今度《こんど》わ棚《たな》の腕木《うでぎ》に後肢《あとあし》を引《ひツ》かけて、死骸《しがい》を吊《つる》した風《ふう》に見《み》せて、倒《さかさ》まに垂下《ぶらさが》つて居《い》ました。すると狡猾《こうかつ》な鼠《ねずみ》が一匹《いつぴき》側《そば》え來《き》まして、『アハ、猫《ねこ》どん、お前《まえ》さんの其《その》皮《かわ》に、假令《たとい》藁《わら》が詰《つま》つて居《い》たつて、傍《そば》えも寄《より》つきや

しませんよ。』

訓言《くんげん》　經驗《けいけん》わ智識《ちしき》を授《さず》く。

解説《かいせつ》　同《おな》じ人《ひと》に二度《にど》も三《さん》度《ど》も欺《あざむ》かれるのわ、餘程《よほど》の愚人《ぐじん》と謂《い》わねばなりません。又損害《そんがい》や艱難《かんなん》わ、如何《いか》にも辛《つら》い課業《かぎょう》でわありますが、實際《じっさい》の智識《ちしき》わ是《これ》でなければ得《え》られぬものです。

第三十一　獅子《しゝ》と他《た》の獣《けもの》

獅子《しゝ》と、他《た》の獣《けもの》が、森《もり》のなかで攻守同盟《こうしゅどうめい》を結《むす》んで、仲《なか》善《よ》く暮《くら》して居《い》ました。處《ところ》が其《そ》の獣《けもの》の一匹《いっぴき》が、餘所《よそ》から美《み》事《ごと》な鹿《しか》を捕《と》つて來《き》まして、獅子《しゝ》の外《ほか》に仲間《なかま》が三匹《さんびき》居《い》ましたから、其《それ》を四《よっ》つに割《わ》つて配《わ》けることに致《し》ました。其時《そのとき》獅子《しゝ》わ前《まえ》え乗出《のりだ》して、其《そ》の分配《わけまえ》の一《ひとつ》を指《ゆびさ》し、『己《おれ》わ大《だい》獅子《しゝ》王《おう》の血統《けっとう》じや。是《これ》を取《と》るのわ、天《てん》から賜《たまわ》つた己《おれ》の權利《けんり》と云《い》うものじや』と、又《また》第二《だいに》の分配《わけまえ》を指《ゆびさ》して『一體《いったい》お前達《まえたち》の、其日《そのひ》を安全《あんぜん》に送《おく》るのわ、皆《みん》な此己《このおれ》の威光《いこう》じや。さすれば此《これ》を取《と》るのに不服《ふふく》もあるまい』と。其《それ》から又第三《またださん》の分配《わけまえ》を見《み》て、獨《ひと》りで呑込《のみこ》み、『己《おれ》の特權《とくけん》で之《これ》わ取《と》つておく。お前達《まえたち》わ皆《み》な己《おれ》の臣下《しんか》として獅子王《ししおう》を敬《うやま》つて可《よ》かろう。又此《また こ》の殘《のこ》りも、今差當《いまさしあた》つて要《い》る品《しな》であるから此《これ》も取《と》つておくが、異存《いぞん》わあるまい。』と言つて、到頭獨《とうくひとり》で皆取《みなと》つて了《しま》いました。

訓言《くんげん》　勢力《せいりよく》わ權利《けんり》に克《か》つ。

解説《かいせつ》　人間《にんげん》の世《よ》のなかにも、此《これ》と能《よ》く似《に》た擧動《ふるまい》が澤山《たくさん》あるのです。學校《がくこう》に居《い》る時《とき》でも社會《しやかい》え出《で》てからでも、自《じ》分《ぶん》一人《ひとり》を豪《えら》いものに思《おも》つて、人《ひと》を蹈倒《ふみたお》し蹴倒《けたお》す無法者《むほうもの》が、なか〳〵多《おう》いのです。又此《またこ》の話《はなし》わ、堅《かた》い友誼《ゆうぎ》わ同等《どうく》の人同士《ひとゞうし》で結《むす》ぶべきもの、と云《い》うことをも教《おし》えます。

第三十二　獅子《しゝ》と鼠《ねずみ》

或日《あるひ》鼠《ねずみ》が彼方此方《あちこち》馳《かけ》まわつて居《い》るうち、思《おも》わずも洞《ほら》に寝《ね》て居《い》る大《おう》きな獅子《しゝ》の頭《あたま》え駈上《かけあが》りました。獅子《しゝ》わ目《め》を覺《さ》ましまして、大《おう》きに怒《いか》り、唯《たゞ》一裂《ひとさき》と指《ゆび》の頭《さき》で押《おさ》えますと、鼠《ねずみ》わチウ〱哀《あわれ》な聲《こえ》を出《だ》して、『つい粗《そ》相《ゝう》を致《いた》しました。私《わたくし》のような數《かず》にも足《た》らぬ小《ちい》さな者《もの》の血《ち》で、貴方《あなた》のお手《て》が汚《よご》れてわ申《もうし》譯《わけ》がありません。萬《どう》望《か》生《いの》命《ち》だけわお助《たす》け下《くだ》

さい』と、連《しきり》に詫《わ》びましたので、獅《し》子《ゝ》も笑《わら》いながら赦《ゆる》して遣《つかわ》しました。すると或《ある》時《とき》、獅《し》子《ゝ》わ餌《え》を獵《あさ》つて山《やま》の中《なか》を歩《ある》いて居《い》るうち、過《あやま》つて獵《かり》夫《うど》の拵《こしら》えておいた罠《わな》にかゝりましたので、一《いつ》生《しよう》懸《けん》命《めい》吼《ほ》えて居《お》りますと、外《いつ》日《ぞ》やの鼠《ねずみ》が聽《き》きつけて、獅《し》子《ゝ》の傍《そば》え駈《か》けて來《き》て、『もう御《ご》安《あん》心《しん》なさい、私《わたくし》わ大《だい》王《おう》様《さま》のお味《み》方《かた》でございます』と、忽《たちま》ち小《ちいさ》い齒《は》で繩《なわ》を噛《かみ》切《き》つて助《たす》けました。

訓《くん》言《げん》　小《ちい》さき者《もの》も大《おう》いなる者《もの》を助《たす》ける。

解《かい》説《せつ》　誰《たれ》でも其《そ》れ相《そう》應《おう》に親《しん》切《せつ》を盡《つく》すことわ出《で》來《き》るもので

す。又《また》如何《いか》なる人《ひと》でも、他人《たにん》の助《たすけ》を假《か》りる場《ば》合《あい》がないとわ限《かぎ》りません。親《しん》切《せつ》を盡《つく》す機會《おり》にわ盡《つく》して置《お》く可《べ》きであります。

第三十三　賣卜者《うらないしゃ》

賣《うら》卜《ない》者《しゃ》が一人《ひとり》、町《まち》え店《みせ》を張《は》つて人《ひと》の吉《きつ》凶《きよう》を占《うらな》つて居《お》りますと、其所《そこ》え息《いき》を切《き》つて馳《か》けて來《き》た人《ひと》がありまして、『今《いま》お前《まえ》さんの宅《うち》の戸《と》が打《ぶち》破《こわ》されてあつたが、様《よう》子《す》が何《ど》うやら盗《ぬす》人《びと》が入《はい》つたらしい』と報《しら》せましたから、卜《うらない》者《しゃ》わ喫《びっ》驚《くり》して、筮《ぜい》竹《ちく》を其《そ》所《こ》え投《ほう》出《り》し、一《いっ》散《さん》に馳《かけ》つけて見《み》ますと、

入口《いりぐち》に隣《となり》のお内儀《かみ》さんが立《た》つて居《い》まして、『先生《せんせい》遅《おそ》かつた。貴方《あなた》わ人《ひと》の身《み》の上《うえ》を卜《うらな》いながら、何故《なぜ》自分《じぶん》の事《こと》が解《わか》らないのでしよう。』

訓言《くんげん》 妄言《もうげん》に惑《まど》わさるゝな。

解説《かいせつ》 教育《きょういく》ある人《ひと》でも、迷信者《めいしんじゃ》わ澤山《たくさん》あります。田舎《いなか》ばかりでなく、都會《とかい》の眞中《まんなか》にも、今《いま》に其迹《そのあと》を絶《た》たぬのわ、嘆《なげ》かわしいことです。

第三十四　不運《ふうん》の結婚《けっこん》

前《まえ》の話《はな》しに、鼠《ねずみ》のお蔭《かげ》で生命《いのち》が助《たす》かつた獅子《しゝ》わ、鼠《ねずみ》の恩《おん》を忘《わす》れぬ行《おこな》いに感心《かんしん》して、或日《あるひ》鼠《ねずみ》に向《むか》い、『何《なに》なりとお前《まえ》の望《のぞみ》を協《かな》えて取《とら》すから、云《い》つてご覽《らん》』と言《い》いましたので、鼠《ねずみ》も少《すこ》し増長《ぞうちょう》しまして、何《ど》の位《くらい》の事《こと》を望《のぞ》んだら獅子《しゝ》王《おう》が許《ゆる》してくれるであろうかと云《い》うことを、深《ふか》くも考《かんが》えず、身分不相應《みぶんふそうおう》にも、王女《おうじょ》を嫁《よめ》に下《くだ》さい、と申出《もうしで》ました。

獅《し》子《ゝ》王《おう》わ約《やく》束《そく》通《どう》り、言《い》うがまゝに小《ちいさ》い牝《め》獅《じ》子《ゝ》をくれましたが、此《こ》の王《おう》女《じょ》わ、尚《まだ》よろ〱して居《お》りましたので、折《せつ》角《かく》迎《むかい》に出《で》て來《き》た花《はな》婿《むこ》を、過《あやま》つて蹈《ふみ》潰《つぶ》して了《しま》いました。

訓《くん》言《げん》　血《けつ》統《とう》、資《し》産《さん》、年《ねん》齢《れい》の相《そう》當《とう》せぬ結《けつ》婚《こん》わ不《ふ》幸《こう》なり。

解説《かいせつ》　人間《にんげん》の一生《いっしょう》で、一番《いちばん》大切《たいせつ》なのわ結婚《けっこん》です。結婚《けっこん》の遣方《やりかた》一《ひと》つで、其人《そのひと》の一生《いっしょう》が天國《てんごく》とも地獄《じごく》ともなるのですから、後《あと》で悔《く》いないように、熟《よく》々く考《かんが》えて配偶《あいて》を選《えら》ばなければなりません。古人《こじん》も、『女《おんな》が男《おとこ》を支配《しはい》するように男《おとこ》の首《くび》から生《うま》れた譯《わけ》でもなく、又《また》男《おとこ》に虐《ぎゃく》待《たい》されるように男《おとこ》の足《あし》から産《うま》れた譯《わけ》でもなく、同《どう》等《く》の配偶《はいぐう》となるために、男《おとこ》の脇腹《わきばら》から産《うま》れたのである』と言《い》いましたが、寔《まこと》に味《あじ》のある語《ことば》です。

第三十五　鶸《ひよどり》と捕鳥者《とりとり》

一人《ひとり》の捕鳥者《とりとり》がせツせと網《あみ》を張《は》つて居《お》りますと、少《すこ》し離《はな》れた處《ところ》から鶸《ひよどり》が『何《なに》をして居《い》るのです』と尋《たず》ねましたので、其男《そのおとこ》わ『私《わたし》わ今市《いままち》を拵《こしら》えて居《い》る』と答《こた》えて其《その》まゝ姿《すがた》を隠《かく》したので、鶸《ひよどり》わ其《それ》を眞《ま》に受《う》け、中《なか》にある餌食《えじき》を目《め》がけてとんで行《い》き、到頭《とう〱》網《あみ》に罹《かゝ》つて了《しま》いました。捕鳥《とりとり》わ占《し》めたと悦《よろこ》んで、急《いそ》いで駈《か》けて來《き》ますと、鶸《ひよどり》わ悧《り》巧《こう》そうな目《め》色《つき》をして、『斯《こ》う云《い》う風《ふう》に市《まち》を拵《こしら》えるのなら、誰《たれ》も住《す》み人《て》わありますまい。』

訓言《くんげん》　不正《ふせい》な支配者《しはいしゃ》わ國《くに》を滅《ほろぼ》す。

解説《かいせつ》　一國《いつこく》の政治《せいじ》を執《と》る者《もの》が係蹄《わな》や網《あみ》を張《は》つて、民《たみ》を僞《いつわ》り下《しも》を虐《しいた》げなどすれば、其言草《そのいゝぐさ》わ如何《いか》ほど巧《たく》みでも、終《しまい》にわ其國《そのくに》を過《あやま》つて了《しま》います。此《こ》の話《はなし》と同《おな》じく、昔《むかし》から何處《どこ》の國《くに》にも、國《くに》を救《すく》うのだと言《い》つてわ欺《あざむ》かれた國民《こくみん》が澤山《たくさん》あります。佛國《ふつこく》の革命《かくめい》わ、まんまと戰《せん》慄政治《りつせいじ》に終《おわ》り、英國《えいこく》の民政《みんせい》わ、却《かえ》つて人民《じんみん》を壓制《あつせい》した爲《ため》に、初《はじ》めに咀《のろ》われた國王《こくおう》を歡迎《かんげい》するようなことになつたのです。善良《ぜんりよう》な人民《じんみん》わ、善《よ》く惡《わる》い政治家《せいじか》に欺《だま》されますが、欺《だま》した人《ひと》の化《ばけ》の皮《かわ》わ直《じき》に剥《は》げて了《しま》うのです。

第三十六　狂犬《やまいぬ》

　ある人《ひと》の飼《か》つて居《い》る犬《いぬ》わ、世《よ》に云《い》う狂犬《やまいぬ》と云《い》つて、相手《あいて》擇《えら》ばず吠《ほえ》かゝり噛《かみ》ついて、市《まち》を暴《あば》れて行《ある》きますので、人《ひと》が避《よ》けて通《とう》るように、主人《しゆじん》が其頸《そのくび》に鈴《すゞ》をつけて置《お》きました。すると犬《いぬ》め好《い》いことに思《おも》つて、ガラ〳〵言《いわ》せながら、市中《まちじう》大威張《おういばり》で歩《あるき》まわり、近所《きんじよ》の犬《いぬ》などを頭《あたま》から輕蔑《けいべつ》して居《い》ました。其顔色《そのかおつき》が餘《あま》り憎《にく》〳〵しいので、一匹《いつぴき》の年取《としと》つた犬《いぬ》が、『お前《まえ》わ何《なに》を感違《かんちが》いして其様《そんな》に威張《いば》るのだい。お前《まえ》わ一體《いつたい》其鈴《そのすゞ》を賞牌《しようはい》とでも思《おも》つて居《い》るか知《し》らないが、其《それ》こそ自分《じぶん》の恥辱《はじ》を人《ひと》に吹聴《ふいちよう》して歩《ある》くと云《い》うものだ』と窘《たしな》めました。

訓言《くんげん》　人《ひと》わ他人《たにん》より見《み》られるように、自《みずか》ら省《かえり》みる力《ちから》を天《てん》より授《さずか》れり。

解説《かいせつ》　希臘《ぎりしゃ》の七賢人《しちけんじん》の一人《いちにん》なるセールスわ『人《ひと》わ己《おのれ》を知《し》るのが最《もっと》も困難《こんなん》である』と言《い》いました

が、自分《じぶん》を知《し》らぬ者《もの》わ、動《やゝ》もすると恥辱《はじ》となる事《こと》を自《じ》慢《まん》することが有《あ》ります。青年《せいねん》が父《ふ》兄《けい》や長者《ちようしや》を輕蔑《けいべつ》し、教師《きようし》や友人《ゆうじん》を凌《しの》いで大言《たいげん》を吐《は》き、獨《ひとり》で豪《えら》がつて居《い》るなどわ、笑止至極《しようしゝごく》と謂《い》わなければなりません。

第三十七 水神《すいじん》と樵夫《きこり》

樵夫《きこり》が河《かわ》の畔《ほとり》で樹《き》を伐《き》つて居《い》ますと、過《あやま》つて斧《おの》を水《みず》に落《おと》し、忽《たちま》ち仕事《しごと》の資本《もと》を失《なく》して了《しま》いました。何《なに》しろ貧乏《びんぼう》人《にん》のことですから、酷《ひど》く弱《よわ》つて居《お》りますと、其所《そこ》え水神《すいじん》が忽然《こつぜん》と現《あらわ》れて、今《いま》の仔細《しさい》を聽取《きゝと》り、旋《やが》て又水《またみず》に沈《しず》んで了《しま》

第三十七　水神と樵夫

いましたが、暫《しばら》くすると手《て》に黄金《おうごん》の斧《おの》を持《も》つて再《ふたゝ》び姿《すがた》を現《あらわ》し、『爾《なんじ》の斧《おの》わ此《これ》なるや』と問《と》いました。樵夫《きこり》わ熟々《つくぐ》それを見《み》て、『いや、此《これ》わ違《ちが》います』と答《こた》えると、水神《すいじん》わ頷《うなず》いて其《その》まゝ水《みず》に沈《しず》み、今度《こんど》わ銀《ぎん》の斧《おの》を持出《もちだ》して見《み》せましたが、矢張《やツぱり》『私《わたし》のでわございません』と言《い》いますので、水《すい》神《じん》わ三《み》たび水《みず》に沈《しず》んで漸《ようや》く鐵《てつ》の斧《おの》を持出《もちだ》して樵夫《きこり》に與《あた》えながら、其正直《そのしようじき》を賞《ほ》め、金銀《きんぐ》の斧《おの》をも添《そ》えて褒美《ほうび》にくれました。

慾張《よくばり》な爺《じゞい》があつて、此話《このはなし》を聞《き》き、翌朝《よくちよう》わざ〳〵河《かわ》の邊《ふち》え出向《でむ》いて斧《おの》を落《おと》し、潜々《さめぐ》と泣《な》いて居《お》りますと、案《あん》の如《ごと》く水神《すいじん》が現《あらわ》れて、水中《すいちう》から金《きん》の斧《おの》を持出《もちだ》して見《み》せますと、爺《じゝい》わ周章《あわ》て手《て》を出《だ》し、『それ、それ、其《それ》が爺《じい》の斧《おの》でございます』と言《い》いも畢《おわ》らぬに、水神《すいじん》わ怒《いか》つて、『この横着漢《おうちゃくもの》め、人《ひと》の心《こゝろ》を見《み》貫《ぬ》く神《かみ》を偽《いつわ》り遂《おう》せると思《おも》うか』と叱《しか》りつけ、鐵《てつ》の斧《おの》すら戻《もど》してくれませんでした。

訓言《くんげん》　嘘《うそ》も瞬《また》ゝく隙《ひま》。

解説《かいせつ》　正直《しょうじき》を守《まも》つて居《お》りさえすれば、最後《さいご》の酬《むくい》わ必《かなら》ず來《く》るものです。此《こ》の話《はなし》わ、『天《てん》わ必要《ひつよう》に應《おう》じて援助《たすけ》を與《あと》う』と云《い》うことを意味《いみ》して居《お》りますが、今一《いまひと》つわ、誰《たれ》も知《し》らぬと思《おも》つて惡事《あくじ》を働《はたら》く人《ひと》の愚《おろか》さを誡《いまし》めたのです。

第三十八　牛《うし》と蛙《かえる》

一頭《いっとう》の牛《うし》が或時《あるとき》沼《ぬま》え水《みず》を呑《の》みに出《で》かけ、ノソ〳〵歩《ある》いて居《い》るうち、其処《そこ》らを跳《と》んで居《い》る大勢《おうぜい》の蛙仔《かえるこ》を一疋《いっぴき》蹈潰《ふみつぶ》して行《ゆ》きました。蛙仔《かえるこ》わ母蛙《おやがえる》の帰《かえ》るのを待《ま》つて。其事《そのこと》を告《つ》げ、其獣《そのけもの》が、つい是迄《これまで》見《み》たこともない大《おうき》い形《かたち》であつたことを話《はな》しますと、母蛙《おやがえる》わ其《そ》の斑點《ぶち》の皮《かわ》を脹《ふくら》ませて、『この位《ぐらい》もあつたか』と尋《き》きました。蛙仔《かえるこ》わ『いゝえ、もつと大《おう》きい』と言《い》いますので、母蛙《ははがえる》わ益《ますま》す躰《からだ》を脹《ふくら》ませて見《み》せましたが、『阿母《おツか》さんがお腹《なか》の裂《さ》けるほど脹《ふく》れあがつても敵《かな》いません』と言《い》われ、『其《それ》でわ、此《こ》の位《ぐら》いかく』と妄《むやみ》に躰《からだ》を脹《ふくら》ませましたので、到頭《とうく》腹《はら》が裂《さ》けて死《し》んで了《しま》つたと云《い》います。

訓言《くんげん》　己《おのれ》の力《ちから》に及《およ》ばぬ者《もの》と競争《きようそう》するな。

解説《かいせつ》　秩序《ちつじよ》わ自然《しぜん》の法則《ほうそく》ですから、人間社會《にんげんしやかい》に夫々《それぐ》階級《かいきう》の生《しよう》ずるのも已《や》むを得《え》んことでありましよう。總《すべ》ての人間《にんげん》を、たとい今日《きようう》わ同等《どうく》にすることが出來《でき》ても、遺傳《いでん》の力《ちから》を善用《ぜんよう》すると惡用《あくよう》するとに由《よ》つて、明日《あす》わ忽《たちま》ち別々《べつぐ》になつて了《しま》うでしよう。天鵞絨《びろうど》の財布《さいふ》わ、到底豚《とうていぶた》の耳《みゝ》でわ作《つく》られません。

第三十九　山《や》羊《ぎ》と葡《ぶ》萄《どう》

獵《りよう》師《し》に追《お》われて、山《や》羊《ぎ》が野《の》葡《ぶ》萄《どう》の茂《しげ》み隠《かく》れたのを、獵《りよう》師《し》わ駈《か》ける勢《いきお》いで、其《その》前《まえ》を通《とう》り越《こ》して了《しま》いました。山《や》羊《ぎ》わマア〳〵此《これ》で安《あん》心《しん》と、周《まわり》の野《の》葡《ぶ》萄《どう》をボリ〴〵喰《く》つて居《い》ましたが、其《その》音《おと》が可《あい》憎《にく》獵《りよう》師《し》の耳《みゝ》え入《はい》つたので、其《そ》の居《い》所《どころ》が判《わか》り、早《さつ》速《そく》矢《や》を射《い》込《こ》みましたので、山《や》羊《ぎ》わ忽《たちま》ち其《それ》に中《あた》つて悶《も》躁《が》きながら、『救《すく》つてくれた葡《ぶ》萄《どう》の葉《は》を喰《く》つた酬《むくい》なら仕《し》方《かた》がない。』と言《い》つたと云《い》うことです。

訓《くん》言《げん》　忘《ぼう》恩《おん》わ賤《いやし》むべき不《ふ》徳《とく》なり。

解説《かいせつ》 世《よ》にわ能《よ》く恩《おん》を仇《あだ》で返《かえ》し、甚《はなはだ》しきわ恩人《おんじん》の零落《れいらく》するのを見《み》て、却《かえ》つて快《こゝろよ》く思《おも》う冷酷《れいこく》な人《ひと》もあるようですが、其《そ》の應報《おうほう》わ必《かなら》ず巡《めぐ》つて來《く》るのです。昔《むか》しマセドニアの一兵士《いつぺいし》が、難船《なんせん》した時《とき》、或《あ》る富有《ふゆう》の農夫《のうふ》に救《すく》われて、其介抱《そのかいほう》を受《う》け漸《ようや》く助《たす》かりましたが、兵士《へいし》わ其後《そのゝち》軍功《ぐんこう》を立《た》て、フヰリツプ王《おう》より行賞《ぎようしよう》の沙汰《さた》があつたので、世話《せわ》になつた農夫《のうふ》を、反《かえ》つて叛逆人《はんぎやくにん》などゝ申立《もうしたて》、其《そ》の家《いえ》や、地所《じゝよ》を沒收《とりあ》げて自分《じぶん》の褒美《ほうび》に下《くだ》さるようにと願《ねが》つたところ、王《おう》わ一《いつ》も二《に》もなく其《それ》を信《しん》じて、農夫《のうふ》の財産《ざいさん》を奪《うば》いあげようとしました。農《のう》夫《ふ》は大《おうい》に腹《はら》を立《た》て、直《たゞち》に都《みやこ》え上《のぼ》つて事情《じゞよう》を訴《うつた》えましたので、王《おう》も始《はじ》めて様子《ようす》が分《わか》り、其場《そのば》で資産《しさん》を殘《のこ》らず農夫《のうふ》に返《かえ》し、且《か》つ兵士《へいし》を捕《とら》えて、其《そ》の額《ひたい》に『恩《おん》を忘《わす》れた男《おとこ》』と焼印《やきいん》をしたと云《い》うことです。

第四十　狐《きつね》と獅子《しゝ》

狐《きつね》わ初《はじ》めて、途中《とちう》で獅子《しゝ》に出會《であ》つた時《とき》わ、唯《たゞ》もう可恐《おそろ》しくて、其《そ》の脚下《あしもと》に平《ひらた》くなり、氣息《いき》も塞《つま》るくらいでしたが、二度目《にどめ》となると、ジッと其《そ》の貌《かお》を眺《なが》める位《ぐらい》でした。さて三度目《さんどめ》となると、ズツと大膽《だいたん》になり、傍《そば》え寄《よ》つて『大《だい》王《おう》、今日《こんにち》わ』など丶、平《へい》氣《き》で狎《なれ》々《く》しい口《くち》を利《き》くのでした。

訓《くん》**言**《げん》　狎《な》るれば侮《あなど》る。

解《かい》**説**《せつ》　卑《ひ》賤《せん》な人《にん》間《げん》が優《ゆう》勝《しょう》者《しゃ》に對《たい》する時《とき》に、善《よ》く斯《こ》う云《い》う例《れい》があります。即《すなわ》ち自《じ》分《ぶん》の智《ち》識《しき》も經《けい》驗《けん》も

乏《とぼ》しい處《ところ》から、豪《えら》い人《ひと》を見《み》ると、濫《むやみ》に怯《おじ》けて了《しま》うのですが、其《そ》の癖《くせ》狎《な》れて了《しま》うと、反《かえ》つて向見《むこうみ》ずの無禮《ぶれい》を働《はたら》くのです。其《そ》の中庸《ちゅうよう》を取《と》るのが君子《くんし》でありましよう。

第四十一　犬《いぬ》と狼《おうかみ》

飼主《かいぬし》の門《かど》に眠《ねむ》つて居《い》る犬《いぬ》を見《み》て、通《とう》りかゝつた狼《おうかみ》が喰《く》おうとしますと、犬《いぬ》が『少《すこ》しお待《ま》ちなさい。御《ご》覽《らん》のとうり今《いま》わ私《わたし》も痩《や》せて居《い》ますから、貴公《きこう》も食《た》べ效《がい》があるまい。二三日《にさんにち》うち主人《しゅじん》の家《うち》に婚禮《こんれい》がありますから、其時《そのとき》御馳走《ごちそう》を

澤山《どつさり》食《た》べて、精々《せいぐ》肥《ふと》るように心《こゝろ》がけますから、其《それ》まで待《まつ》つて見《み》てわ如何《どう》です』と言《い》いましたので、狼《おうかみ》も悦《よろこ》んで引退《ひきさが》りました。二《に》三《さん》日《にち》經《た》つてから、狼《おうかみ》がやつて來《き》て、『先日《せんじつ》の約束《やくそく》どうりにしろ』と云《い》いました處《ところ》、犬《いぬ》わ鼻《はな》の先《さき》で笑《わら》つて、『ヘン、今度《こんど》己《おれ》の寝《ね》て居《い》る處《ところ》を捕《つかま》えたら、婚禮日《こんれいび》まで待《ま》つのわ止《よ》すが可《い》い。』

訓言《くんげん》 騙《だま》すものわ騙《だま》される。

解説《かいせつ》 狼《おうかみ》の殘忍《ざんにん》なことを思《おも》えば、犬《いぬ》に欺《あざむ》かれても、言《いゝ》分《ぶん》わない筈《はず》です。狼《おうかみ》が失望《しつぼう》したとて、氣《き》の毒《どく》がるにも當《あた》りません。此《こ》の話《はなし》の犬《いぬ》が注意《ちうい》を怠《おこた》つて、狼《おうかみ》に食《く》われようとしたのわ、慥《たしか》に自分《じぶん》の不覺《ふかく》ですが、斯様《こんな》時《とき》にわ一生《いつしよう》懸命《けんめい》骨《ほね》を折《お》つて、早《はや》く其過《そのあやまち》の埋合《うめあわせ》をして置《お》かなければなりません。

第四十二　猿《さる》と狐《きつね》

猿《さる》が狐《きつね》に會《あ》つたのを幸《さいわ》い、自《じ》分《ぶん》わ始《し》終《じょう》雨《あめ》風《かぜ》に曝《さら》されて居《い》るから、其《それ》を凌《しの》ぐ爲《ため》に、狐《きつね》の美《うつく》しい長《なが》い尾《お》の毛《け》を少《すこ》し頒《わ》けて貰《もら》い、其《それ》で以《もつ》て外《がい》套《とう》を作《つく》ろうと思《おも》い、其《その》事《こと》を丁《てい》寧《ねい》に狐《きつね》に頼《たの》み、『貴《あな》方《た》の尾《お》にわ餘《よ》分《ぶん》な毛《け》があるから、始《し》終《じょう》埃《ごみ》や泥《どろ》の中《なか》を曳《ひき》摺《ず》つてお歩《ある》きですね。』と言《い》いますと、狐《きつね》が、『ウム、其《そい》奴《つ》わ氣《き》がつかなかつた。併《しか》しお前《まえ》のために一《いっ》本《ぽん》でも毛《け》を亡《な》くするよりか、一《いっ》生《しょう》曳《ひき》摺《ず》つて居《い》る方《ほう》が優《まし》だ』と言《い》いました。

訓《くん》言《げん》　借《か》りる者《もの》わ常《つね》に失《しつ》望《ぼう》す。

解《かい》説《せつ》　是《これ》を貸《か》す方《ほう》から言《い》いますと、狐《きつね》の行《や》り方《かた》わ餘《あま》り賞《ほ》めたことでわありません。補《たす》助《け》を乞《こ》われた時《とき》、能《よ》く分《ふん》別《べつ》して助《じょ》力《りょく》をすれば、心《かなら》ず其《そ》の效《こう》があるのです。併《しか》し借《か》りる方《ほう》か

ら言《い》いますと、『金銭《きんせん》の有難味《ありがたみ》わ、借《か》りに行《い》つて解《わか》る』と云《い》う事《こと》になりましよう。

第四十三　犬《いぬ》と屠者《としや》

或処《あるところ》に屠《と》者《しや》が忙《せわ》しそうに肉《にく》を切《き》つて居《い》ますと、其処《そこ》え一匹《いつぴき》の犬《いぬ》が窃《そツ》と忍《しの》んで来《き》て、羊《ひつじ》の心臓《しんぞう》を啣《くわ》えて逃《に》げました。屠《と》者《しや》わ始《はじ》めて気《き》がつき、『こら斑《ぶち》よ、お前《まえ》のお蔭《かげ》で己《おれ》わ今度《こんど》から用心《ようじん》するから可《い》い。』

訓言《くんげん》　経験《けいけん》を得《う》るにわ価《あたい》を払《はら》え。

解説《かいせつ》　智識《ちしき》を得《え》るための損失《そんしつ》なら、決《けっ》して損失《そんしつ》とわ謂《い》えません。吾等《われら》わ夥《おびたゞ》しき損失《そんしつ》と悲哀《ひあい》とを以《もっ》て、經驗《けいけん》と云《い》う貴重《きちょう》の品《しな》を買《か》わなければなりません。艱難《かんなん》や苦《く》痛《つう》や失望《しつぼう》わ、人《ひと》に忍耐《にんたい》、後悔《こうかい》、同情《どうじょう》と云《い》う事《こと》を教《おし》えてくれる教師《きょうし》なのですから、決《けっ》して悪《わる》いものでわありません。

第四十四　鶏《にわとり》と玉《たま》

雄鶏《おんどり》が雌鶏《めんどり》のために餌《えさ》を獵《あさ》ろうとして、頻《しきり》と地《ち》を掻散《かきちら》して居《お》りますと、偶然《ふと》キラキラ光《ひか》る玉《たま》が出《で》ました。すると鶏《とり》が、『ア、お前《まえ》わ眞《しん》に美《うつく》しい。が、併《しか》し此處《こゝ》で何《なん》の役《やく》に立《た》つものか。もし持主《もちぬし》が見《み》つけたら、跳躍《とびあが》って悦《よろこ》ぶであろうが、己《おれ》にわ一向《いつこう》有難《ありがた》くわない。世界中《せかいじう》の玉《たま》を前《まえ》え積《つ》んでくれたより、一粒《ひとつぶ》の麥《むぎ》の方《ほう》が、何様《どんな》に好《い》いか知《し》れやしない。』

訓言《くんげん》　物《もの》を計《はか》らば實際《じつさい》の價値《かち》を以《もつ》てせよ。

解説《かいせつ》　思慮《しりよ》の足《た》らぬ人《ひと》わ、兎角《とかく》差當《さしあた》り實際《じつさい》の用《よう》もない品《しな》に目《め》が暗《くら》むのですが、其等《それら》の人《ひと》にわ、玉《たま》を悦《よろこ》ばなかつた鶏《とり》の話《はなし》が好《よ》い誡《いましめ》です。すべて正直《しようじき》に職務《しよくむ》を盡《つく》して、誘惑物《ゆうわくぶつ》のために、出來心《できごゝろ》を起《おこ》さぬようにと心《こゝろ》がけるのが肝要《かんよう》ですが、其《それ》にわ其《そ》の物《もの》の、實際《じつさい》の直打《ねうち》を能《よ》く考《かんが》えるのが第一《だいゝち》であります。

第四十五　守《しゆ》錢《せん》奴《ど》

　慾《よく》兵《べ》衛《え》と云《い》う慾《よく》ツ張《ぱり》の老《おや》爺《じ》がありまして、其《そ》の所《も》持《ち》品《もの》を賣《うり》拂《はら》つて金《かね》に換《か》え、地《ち》に穴《あな》を掘《ほ》つて其《それ》を埋《い》け、毎《まい》日《にち》其《そ》處《こ》え出《で》て行《い》つて、金《かね》の顔《かお》を見《み》て微《に》笑《こ》くして居《い》ました。處《ところ》が、盜《ぬす》人《びと》が老《おや》爺《じ》の様《よう》子《す》を不《ふ》思《し》議《ぎ》に思《おも》い、或《ある》日《ひ》跡《あと》をつけて行《い》つて、其《そ》の秘《ひ》密《みつ》を見《み》屆《とゞ》け、扨《さて》老《おや》爺《じ》の行《い》つた後《あと》で、金《かね》を淩《さら》つて逃《に》げて了《しま》いました。

　其《そ》の明《あし》朝《た》、常《いつ》時《も》の通《とう》り往《い》つて見《み》ると、此《こ》の始《し》末《まつ》なので、慾《よく》兵《べ》衛《え》わ宛《まる》然《で》狂《きち》氣《がい》のように騒《さわ》ぎ出《だ》しました。何《なに》かと思《おも》つて、近《きん》所《じよ》から大《おう》勢《ぜい》の人《ひと》が出《で》て來《き》ましたが、其《そ》の譯《わけ》を聞《き》いて一《いち》同《どう》笑《わら》いながら、『何《なに》を其様《そんな》に嘆《なげ》くのです。貴方《あなた》わ初《はじ》めから金《かね》を埋《い》けておいて、必要《ひつよう》な時《とき》でも、些《ちつ》とも役《やく》に立《た》てませんから、つまり持《も》たないと同《おな》じことです。其位《そのくらい》なら、寧《いつ》そ金《かね》の心算《つもり》で、瓦《かわら》なり石塊《いしころ》なりを地《ち》に埋《い》けて、毎日《まいにち》來《き》てわ番《ばん》をして居《い》た方《ほう》が遙《はる》かに優《まし》でしよう』と云《い》いました。

訓言《くんげん》　慾《よく》深《ふか》ければ常《つね》に貧《まず》し、貧《まず》しきわ己《おの》が過《あやまち》なり。

解説《かいせつ》　二十世紀《にじつせいき》の守銭奴《しゆせんど》わ、元金《もと》に子《こ》が出來《でき》て、益《ますま》す殖《ふ》えて行《い》く場所《ばしよ》に、金《かね》を埋《い》けておきますから、此《こ》の話《はなし》とわ少《すこ》し趣《おもむき》が變《かわ》つて來《き》ましたが、併《しか》し考《かんがえ》わ古今《こゝん》同《おな》じです。イソップ時代《じだい》の守銭奴《しゅせんど》が、穴《あな》に埋《い》けた金《かね》の顔《かお》を見《み》て樂《たのし》んで居《い》たと同《おな》じに、今《いま》の貯金家《ちょきんか》わ、目《め》を丸《まる》くして、預金帳《よきんちょう》ばかり見《み》て居《い》るのです。孰《どちら》にしても、單《たん》に想像上《そうぐじょう》の富有《かねもち》に過《す》ぎません。尤《もつと》も高尚《こうしょう》な目的《もくてき》のために適當《てきとう》な貯金《ちょきん》わ必要《ひつよう》ですが、唯金《たゞかね》を殖《ふや》すのが面白《おもしろ》さに、他《ほか》の事《こと》を一切放擲《いっさいうっちゃ》って了《しま》うなどわ、寧《むし》ろ憫《あわれ》むべき精神《せいしん》といわねばなりません。

第四十六　犬《いぬ》と馬槽《かいおけ》

犬《いぬ》が枯草《かれくさ》の一杯《いっぱい》に入《はい》った馬槽《かいおけ》の上《うえ》に臥《ね》て居《い》ますと、其處《そこ》え空腹《くうふく》になつた牛《うし》がやつて來《き》て、枯草《かれくさ》を食《た》べようとしました。すると意地悪《いじわる》の犬《いぬ》わ、傍《そば》えも寄《よ》せつけず、起上《おきあが》つて吠《ほえ》かゝりますので、牛《うし》も腹《はら》を立《た》て、『此《こ》の旋風曲《つむじまが》りの罰當《ばちあた》り奴《め》、自分《じぶん》で食《く》えもせぬものを、人《ひと》に食《く》わせまいと云《い》うのだな。』と敦圍《いきま》

きました。

訓言《くんげん》 己《おのれ》も生活《せいかつ》し、人《ひと》をも生活《せいかつ》せしめよ。

解説《かいせつ》 子供《こども》などが、差當《さしあた》り自分《じぶん》に必要《ひつよう》でもない本《ほん》や玩具《おもちや》を、遊《あそ》び友達《ともだち》に假《か》すのを嫌《きら》つて、意地《いじ》わるく隱《かく》すなどわ屢《しばく》あることですが、大人《おとな》にも矢張《やはり》爾云《そうい》う心懸《こゝろがけ》の惡《わる》い人《ひと》があるのです。用《よう》のある品《しな》わ兎《と》に角《かく》、用《よう》のない品《しな》なら、熱望《ねつぼう》する人《ひと》に融通《ゆうずう》しても差閊《さしつかえ》なさそうなものですが、私慾《しよく》の深《ふか》い人《ひと》わ、爾《そう》も行《い》かぬものと見《み》えます。

第四十七　獵犬《かりいぬ》と番犬《ばんいぬ》

或人《あるひと》が犬《いぬ》を二頭《にとう》飼《か》つて、甲《こう》にわ獵《りよう》を教《おし》え、乙《おつ》にわ門番《もんばん》の役《やく》を吟咐《いゝつ》けておきました。で、獵《りよう》の時《とき》にわ甲《こう》が何時《いつ》でも供《とも》をするのですが、獲物《えもの》があれば、必《かなら》ず其《そ》の肉《にく》を乙《おつ》に食《た》べさせますので、或日《あるひ》甲《こう》が不平《ふへい》を言出《いゝだ》し、乙《おつ》に向《むか》つて、『オイ番犬《ばんいぬ》、己《おれ》わ斯《こ》うして、始終外《しようそと》で働《はたら》いて居《い》るのに、貴様《きさま》わ家《うち》に樂《らく》をして居《い》ながら、美《うま》い肉《にく》に腹《はら》を肥《こや》して居《い》るなどわ怪《け》しからん奴《やつ》だ』と言《い》いますと、乙《おつ》が、『でも、御主人《ごしゆじん》が、己《おれ》に食物《たべもの》を取《と》ることを教《おし》えて下《くだ》さらないで、持《も》つて來《き》てくれた物《もの》を食《た》べよと云《い》うのだから爲方《しかた》がない。』

訓言《くんげん》　立番《たちばん》も亦《また》大切《たいせつ》の務《つと》めなり。

解説《かいせつ》　人類《じんるい》の間《あいだ》にわ、自《おのず》から種々《しゅぐ》の階級《かいきゅう》や職務《しょくむ》があるのです。番犬《ばんいぬ》が若《も》し能《よ》く家《うち》を守《まも》つて居《い》なかつたなら、折角《せつかく》の獵犬《りようけん》の獲物《えもの》も、猫《ねこ》に爲《し》てやられるような事《こと》があるのですから、其《そ》の働《はたらき》振《ぶり》わ孰《いず》れが孰《いず》れとも云《い》えません。傭人《やといにん》から見《み》れば、主人《しゅじん》わ手《て》足《あし》をも勞《ろう》せず、至《し》極気《ごくき》樂《らく》のようですが、併《しか》し、資《し》本《ほん》を投《とう》じ、頭《あたま》を使《つか》い、事業《じぎょう》を管理《かんり》し、人《ひと》を監督《かんとく》する働《ばたら》きわ認《みと》めなければなりません。社會《しゃかい》わ互《たがい》に頼《よ》りつ頼《よ》られつして保《も》つて行《い》くのですから、名々《めいめい》不平《ふへい》を言《い》わず、持場《もちば》〳〵の務《つとめ》を勵《はげ》むのが専要《せんよう》です。

第四十八　鳥《とり》と獸《けもの》と蝙蝠《こうもり》

或日《あるひ》鳥類《ちようるい》と獸類《じうるい》との間《あいだ》に戰爭《せんそう》が起《おこ》り、暫《しばら》くわ勝敗《しようはい》の程《ほど》も判《わか》りませんでしたが、其時《そのとき》鳥《とり》とも獸《けもの》ともつかぬ形《かたち》の蝙《こう》蝠《もり》が何方《どちら》ともつかず、旗色次第《はたいろしだい》で、鳥《とり》の味方《みかた》もすれば、獸《けもの》の味方《みかた》にもなり、何時《いつ》も好《い》い顔《かお》で居《お》りました。其《その》うち双方和睦《そうほうわぼく》となり、鳥《とり》と獸《けもの》との會合《かいごう》がありましたが、夫《か》の蝙蝠《こうもり》の二《ふ》タ心《ごゝろ》を惡《にく》み、互《たがい》に仲間入《なかまいり》わさせぬことに、固《かた》い約束《やくそく》が調《とゝの》いましたので、蝙蝠《こうもり》も可恥《はずか》しく、其後《そのゝち》わ晝《ひる》わ外《そと》へも出《で》られず、綺麗《きれい》な住家《すみか》にも居《い》かねて、軒《のき》の片隅《かたすみ》、又《また》わ汚《きたな》い洞穴《ほらあな》に身《み》を潜《ひそ》め、晩方《ばんかた》に窃《そつ》と其處《そこ》らを飛《とび》まわるだけで、いかにも肩身《かたみ》狹《せま》く暮《くら》すことになりました。

訓言《くんげん》　謀叛人《むほんにん》わ其《そ》の爲《ため》に利《り》を得《え》た人《ひと》にも擯斥《ひんせき》される。

解説《かいせつ》　謀叛人《むほんにん》わ何《いず》れの世《よ》にもあるものです。國《くに》にも軍陣《ぐんじん》にも、議院《ぎいん》にも人民《じんみん》にも在《あ》ります。臆病《おくびよう》から起《おこ》るのや、利益《りえき》に迷《まよ》うのや、其《それ》わ種々《いろいろ》あるでしようけれど、孰《いず》れにしても、此《こ》の蝙蝠《こうもり》と同《おな》じ運命《うんめい》わ免《まぬが》れません。

第四十九　狐《きつね》と虎《とら》

至《いた》つて弓《ゆみ》の上手《じようず》な獵夫《かりうど》が、連《しきり》と森《もり》のなかの獸《けもの》に向《むか》つて矢《や》を射《い》ますので、諸《もろく》の獸《けもの》わ皆《み》な恐《おそ》れ戰《おのゝ》き、奧《おく》ふかく逃《に》げ隱《かく》れて了《しま》いました。すると虎《とら》が其《それ》を見《み》て、片腹《かたはら》痛《いた》く思《おも》い、『ヤア言效《いゝがい》のない奴原《やつばら》だ。汝等《なんじら》さほど怖《おそ》るゝに及《およ》ばん。いで此《こ》の己《おれ》が立向《たちむか》つて讐《かたき》を取《と》つてやろう』と大言《たいげん》を放《はな》ち、尾《お》を掉《ふ》り足蹈《あしふみ》して、哮《たけ》り立《た》てましたが、其《そ》の途端《とたん》に一筋《ひとすじ》の矢《や》が、風《かぜ》を切《き》つてヒユーと飛《と》んで來《く》るかと思《おも》うとグザと虎《とら》の脇腹《わきばら》に刺《さ》さりました。虎《とら》わ痛《いた》いので悶躁《もが》き狂《くる》い、矢《や》を齒《は》で拔取《ぬきと》ろうとして居《い》ますと、狐《きつね》が傍《そば》から『ヤア、貴公《きこう》のような猛獣《もうじう》に創《きず》を負《お》わせたのわ、一體《いつたい》何處《どこ》の誰《たれ》だ。』其時《そのとき》虎《とら》わ首《くび》を垂《た》れて『ア、己《おれ》わ間違《まちが》つて居《い》た。あの人間《にんげん》にわ迚《とて》も勝《か》てない』と嘆《なげ》きました。

訓言《くんげん》　智識《ちしき》わ權力《けんりよく》なり。

解説《かいせつ》　人間《にんげん》自身《じゝん》わ、攻《せ》

めるにも防《ふせ》ぐにも、動物《どうぶつ》中《ちう》最《もつと》も弱《よわ》いものですが、幸《さいわ》いに理《り》性《せい》と云《い》う特《とく》權《けん》を具《そな》えて居《お》りますから、能《よ》く強《きよう》敵《てき》を仆《たお》す事《こと》も出《で》來《き》るのです。國《こく》民《みん》が自《みずか》ら守《まも》るのも矢《や》張《はり》其《そ》の通《とう》りで、用《よう》意《い》次《し》第《だい》でわ、何《どん》様《な》にも國《くに》を強《つよ》くすることが出《で》來《き》ます。

第五十　牝《め》獅《じ》子《ゝ》と狐《きつね》

牝《め》獅《じ》子《ゝ》と狐《きつね》とが途《みち》で出《で》會《あ》つて、種《いろ》々《く》話《はなし》をして居《い》るうち、ふと或《ある》動《どう》物《ぶつ》わ他《ほか》の動《どう》物《ぶつ》に比《くら》べて澤《たく》山《さん》に子《こ》を産《う》むと云《い》う噂《うわさ》が始《はじ》まりました。すると狐《きつね》が、『考《かんが》えて御《ご》覧《らん》なさい、狐《きつね》

わ年《ねん》に幾疋《いくひき》も子《こ》を産《う》みますから、他《た》の動物《どうぶつ》に劣《おと》らぬ幸《さいわい》もありますが、高々《たか》ぐ一生《いっしょう》に一度《いちど》か二度《にど》しかお産《さん》をしない癖《くせ》に、他《ひと》を目《め》の下《した》に見《み》て威張《いば》って居《い》る奴《やつ》も居《い》ますのさ』と言《い》いますと、牝獅子《めじゝ》わ眞赤《まッか》になつて怒《おこ》り出《だ》し、『それわ然《そ》うかも知《し》れん。けれど澤山《たくさん》に産《う》むお前《まえ》の子《こ》わ、矢張《やッぱり》狐《きつね》でわないか。己《おれ》わ一度《いちど》に一匹《いッぴき》しか産《う》まないが、然《しか》しそれわ獅子《しゝ》だと云《い》うことを、

能《よ》く覺《おぼ》えて居《い》るが可《い》い。』と答《こた》えました。

訓言《くんげん》　高《たか》き家《いえ》に産《うま》るゝものわ高《たか》き績《いさおし》あれ。

解説《かいせつ》　烏《からす》さえ自分《じぶん》の子《こ》を一番《いちばん》奇麗《きれい》だと考《かんが》えるそうですが、愛情《あいじょう》の爲《ため》に偏頗《へんぱ》に陥《おちい》り、我子《わがこ》の自慢《じまん》をするのわ考《かんが》えものです、又此《またこ》の話《はなし》にわ、いかに高貴《こうき》の家《いえ》に産《うま》れても、其《それ》に伴《ともな》う功績《こうせき》がなくてわ、反《かえ》つて耻辱《ちじょく》であると云《い》う意味《いみ》をも含《ふく》んで居《い》ます。佛國《ふつこく》の諺《ことわざ》にも、位《くらい》高《たか》ければ責任《せきにん》も重《おも》し』と云《い》うのも、畢竟《つまり》此《こ》の事《こと》であります。

第五十一　樫《かし》と蘆《あし》

只《と》有《あ》る河《かわ》端《ばた》に枝《えだ》を擴《ひろ》げた樫《かし》の幹《みき》が、或《ある》時《とき》暴《ぼう》風《ふう》に吹《ふき》折《お》られて河《かわ》に落《お》ち、次《し》第《だい》に押《おし》流《なが》されて行《ゆ》きましたが、其《その》途《みち》で、縁《ふち》に生《おい》繁《しげ》つた蘆《あし》に觸《ふ》れますと、急《きう》に感《かん》心《しん》して、己《おれ》のような大《たい》木《ぼく》すら吹《ふき》折《お》られるくらいの暴《ぼう》風《ふう》に、お前《まえ》わ如《ど》何《う》して無《ぶ》事《じ》で居《い》るかと訊《き》きますと、蘆《あし》わ其《その》時《とき》『いや、私《わたし》わ貴《あな》方《た》と全《まるつ》然《きり》異《ちが》つた方《ほう》法《く》で免《まぬが》れたのです。其《それ》わ剛《ごう》情《じよう》を張《は》つて風《かぜ》に抵《てい》抗《こう》するのわ迚《とて》も無《む》駄《だ》ですから、其《それ》よりか、吹《ふ》くに委《まか》せて頭《あたま》を屈《かゞ》め、靭《しな》やかに受《うけ》流《なが》して居《い》る方《ほう》が安《あん》全《ぜん》です。』

訓言《くんげん》　勝《か》つにわ屈《くツ》せよ。

解説《かいせつ》　譲歩《じようほ》した爲《ため》に、抵抗《ていこう》するよりも得《とく》を取《と》る例《ためし》わ澤《たく》山《さん》あります。一家内《いつかない》でも、能《よ》く服従《ふくじう》する妻《つま》ほど、能《よ》く支配《しはい》するのです。併《しか》し誰《たれ》に限《かぎ》らず、調和《ちようわ》がいくら好《この》ましいと云《い》つたつて、主義《しゆぎ》や義務《ぎむ》を棄《す》てるにわ及《およ》びません。たゞ適當《てきとう》な範圍《はんい》で、正當《せいとう》に調和《ちようわ》するのが、時《とき》に取《と》つて必要《ひつよう》なので、屈《くつ》する事《こと》を知《し》らなければ、伸《の》びることも出來《でき》ぬと云《い》うのわ其《それ》です。

第五十二　蝙《こう》蝠《もり》と鼬《いたち》

或《ある》日《ひ》の暮《くれ》方《がた》、蝙《こう》蝠《もり》が地《ち》に墜《お》ちて鼬《いたち》に捕《つか》まり、一《いつ》生《しよう》懸《けん》命《めい》に命《いのち》乞《ごい》をしましたが、鼬《いたち》わなかなく承《しよう》知《ち》せず、『鳥《とり》を助《たす》けることわならぬ』と言《い》いますので、『いゝえ、鳥《とり》でわありません、羽《はね》がありませんから、私《わたし》わ鼠《ねずみ》でございます』と言《いゝ》ぬけて一《いち》命《めい》を助《たす》かりました。處《ところ》が其《その》後《ゝち》、他《ほか》の鼬《いたち》に捕《つか》まりました時《とき》、同《おな》じく命《いのち》乞《ごい》をしますと、鼬《いたち》わ『いや、鼠《ねずみ》を赦《ゆる》す譯《わけ》にわ行《い》かぬ』と言《い》いますから、蝙《こう》蝠《もり》わ手《て》を換《か》え、『私《わたし》わ鼠《ねずみ》でわございません。これ此《こ》のとうり翼《つばさ》もございます』と言《い》つて、今《こん》度《ど》も首《しゆ》尾《び》よく災《さい》難《なん》を脱《のが》れました。

訓言《くんげん》　弓《ゆみ》に二筋《ふたすじ》の弦《つる》を張《は》るも好《よ》し。

解説《かいせつ》　危険《きけん》を脱《のが》れる手段《しゅだん》を、豫《あらか》じめ考《かんが》えておくのわ必《ひっ》要《よう》であります。今《いま》蝙蝠《こうもり》の言《い》ったのわ、二度《にど》とも眞實《ほんとう》のことですから、決《けっ》して惡《わる》い手段《しゅだん》で難場《なんば》を遁《のが》れた譯《わけ》でわなく、智識《ちしき》を用《もち》いて、然《し》かも德義《とくぎ》に背《そむ》かぬのですから、誠《まこと》に悧巧《りこう》な遣方《やりかた》と言《い》わねばなりません。平生《へいせい》の生活《せいかつ》に用心《ようじん》を怠《おこた》らぬのわ、言《い》うまでもなく大切《たいせつ》ですが、危險《きけん》の場合《ばあい》に、出來《でき》るだけの手段《しゅだん》を盡《つく》して、身《み》の安全《あんぜん》を謀《はか》るよう心《こゝろ》がけるのわ一層《いっそう》大切《たいせつ》です。サー、トーマス、モーアと云《い》う大政治家《だいせいじか》わ、此《こ》の心得《こゝろえ》のあつた人《ひと》で、或時《あるとき》塔《とう》の屋根《やね》で狂人《きちがい》に出遭《であ》い、此處《こゝ》から飛《と》んで見《み》よと言《い》われた時《とき》、『飛降《とびお》りるのわ造作《ぞうさ》もありません、飛《とび》あがるのが難《むつか》しいのです。私《わたし》わ何時《いつ》でも飛降《とびお》りますから、貴方《あなた》わまあ飛《とび》あがつて御覧《ごらん》なさい』と答《こた》えたので、狂人《きようじん》も二《に》の句《く》が出《で》なかつたと云《い》います。

第五十三　鳶《とび》と蛙《かえる》と鼠《ねずみ》

蛙《かえる》と鼠《ねずみ》との大戰爭《だいせんそう》が始《はじ》まつて、容易《ようい》に勝負《しようぶ》が決《つき》ませんでした。そこで狡猾《こうかつ》な鼠《ねずみ》が、叢《くさむら》に伏兵《ふくへい》を置《お》き、敵《てき》の來《く》るのを待《まち》受《う》けて、不《ふ》意《い》撃《うち》を喰《くら》わせ、散《さん》々《ぐ》に蛙《かえる》を破《やぶ》りました。其《その》後《のち》も度《たび》々《く》それを行《や》られるものですから、力《ちから》もあり、跳《と》ぶことも上《じょう》手《ず》な蛙《かえる》が、寧《いっ》そ一《いっ》騎《き》撃《うち》をしようと、申《もうし》込《こ》みますと、鼠《ねずみ》も早《さっ》速《そく》承《しょう》知《ち》し、名《めい》々《く》尖《とが》つた蘆《あし》を提《さ》げて戰《せん》場《じょう》え向《むか》いましたが、其《そ》の様《よう》子《す》を、空《そら》から鳶《とび》が見《み》て居《い》て、不《ふ》意《い》に其《その》場《ば》え舞《ま》い下《くだ》り、鉤《かぎ》状《なり》の爪《つめ》で

二箇《ふたり》とも引《ひつ》さらつて行《い》きました。

訓言《くんげん》　國《くに》に徒黨《とゝう》あるわ禍《わざわい》の原《もと》なり。

解説《かいせつ》　古代希臘《こだいぎりしや》共和國《きようわこく》の、幾箇《いくつ》の國《くに》にも分裂《ぶんれつ》し、互《たがい》に黨《とう》を作《つく》つて睨《にら》み合《あ》つて居《い》た有様《ありさま》が、丁度此《ちやうどこ》の話《はなし》のようです。兄弟《けいてい》牆《かき》に鬩《せめ》ぐのわ、兎角外敵《とかくがいてき》に乘《じよう》ぜられる基《もと》です。又此《またこ》の教《おしえ》を一般《いつぱん》に適用《てきよう》すれば、何處《どこ》の國《くに》にも事《こと》を好《この》む輩《ともがら》わ絶《た》えぬもので、動《やゝ》もすれば秩序《ちつじよ》を紊《みだ》すのですが、其結果《そのけつか》わ大抵《たいてい》何物《なにもの》をも建設《けんせつ》せず、却《かえ》つて破壊《はかい》するばかりです。

第五十四　二《に》疋《ひき》の蛙《かえる》

二《に》疋《ひき》の蛙《かえる》が、永《なが》く棲《す》んで居《い》た沼《ぬま》の水《みず》が旱《ひ》魃《でり》で涸《か》れましたので、他《た》に水《みず》のある處《ところ》を探《さが》そうと、連《つれ》立《だ》つて其《そ》處《こ》を出《で》ましたが、須《や》臾《が》て滿《まん》々《く》と水《みず》を湛《たゝ》えた深《ふか》い井《い》戸《ど》が見《み》つかりました。甲《こう》の蛙《かえる》わ悅《よろこ》んで、『此《こ》處《ゝ》わ冷《ひや》つこくて水《みず》も深《ふか》く、棲《す》みよさそうだから、早《さつ》速《そく》飛《とび》込《こ》もうでわないか』と言《い》いますと、乙《おつ》わ『いや〱、此《こ》處《ゝ》で水《みず》が涸《か》れようものなら、其《それ》こそ出《で》場《ば》がない』と言《い》つて拒《こば》みました。

訓《くん》言《げん》　入《い》るわ易《やす》く出《い》づるわ難《かた》し。

解説《かいせつ》 困難《こんなん》を脱《のが》れたい一心《いつしん》に、方法《ほうく》の是非《よしあし》を能《よ》くも詮議《せんぎ》せずして、採用《さいよう》するのわ宜《よろ》しくない。愈《いよい》よ決《き》める前《まえ》に、種々《しゆぐ》の方面《ほうめん》から其《そ》の利害《りがい》を篤《とく》と考《かんが》え、結果《けつか》が果《はた》して好《よ》いと斷定《だんてい》がついたら、始《はじ》めて實行《じつこう》するのです。長《なが》い生涯《しようがい》のうち、一歩《ひとあし》蹈過《ふみあやま》つた爲《ため》に、身《み》を滅《ほろぼ》すような事《こと》もありますから、輕卒《かるはずみ》なことを爲《し》ようより、寧《むし》ろ我慢《がまん》して働《ばたら》き續《つゞ》ける方《ほう》が好《よ》いのです。此《こ》の話《はなし》わ、人《ひと》に用心《ようじん》と忍耐《にんたい》と先見《せんけん》とを教《おし》えて居《い》ると謂《い》つても可《い》い。

第五十五　風《かぜ》と太陽《たいよう》

北風《きたかぜ》と太陽《たいよう》とが、力《ちから》自慢《じまん》を始《はじ》めて、果《はて》しがありませんので、其《それ》でわ旅人《りよじん》を試《ため》して勝負《しようぶ》を決《けつ》し、何《なん》でも外套《がいとう》を先《さき》に脱《ぬが》したものを勝《かち》としようと云《い》う約束《やくそく》で、先《ま》づ北風《きたかぜ》が、有《あ》らん限《かぎり》の勢《いきお》いを揮《ふる》って、ブウ〳〵吹《ふ》き出《だ》しますと、寒氣《かんき》が俄《にわ》かに酷《きび》しくなり、旅人《りよじん》わ喫驚《びつくり》して慄《ふる》えあがり、外套《がいとう》を聢《しつ》かり躰《からだ》に緊《し》めつけました。次《つぎ》に自分《じぶん》の番《ばん》が來《き》たので、太陽《たいよう》わ早速《さつそく》雲《くも》の隙間《すきま》から姿《すがた》を現《あら》わし、先《ま》づ常時《いつも》の光《ひかり》を四《し》方《ほう》え放《はな》ちますと、雲《くも》わ忽《たちま》ち飛《と》び散《ち》ってしまい、寒氣《かんき》わ次《し》第《だい》に薄《うす》らぎ、旅人《たびゞと》も好《い》いくらい暖《あたゝ》かになつて、悦《よろこ》んで居《い》ましたが、終《しまい》にわ暑《あつ》くて、堪《たえ》切《き》れなくなり、自《おのず》と外《がい》套《とう》を脱《ぬ》いで了《しま》い、其《それ》でも追《おつ》つかぬので、急《いそ》いで木《こ》蔭《かげ》え駈《か》け込《こ》んで了《しま》いました。

訓《くん》言《げん》　温《あたゝ》かき言《ことば》わ骨《ほね》をも熔《とろ》かす。

解《かい》説《せつ》　愛《あい》の人《ひと》を動《うご》かす力《ちから》わ、威《い》壓《あつ》よりも遙《はるか》に強《つよ》いのです。ナポレオンのような豪《ごう》傑《けつ》も、セントヘレナでわ往《おう》事《じ》を追《つい》懐《かい》して、自《じ》分《ぶん》やアレキサンダー、シーザー、シヤーレマンのような征《せい》服《ふく》者《しや》の帝《てい》國《こく》わ、威《い》服《ふく》と云《い》う基《いし》礎《ずえ》の上《うえ》に建《た》てられたので、孰《いず》れも滅《めつ》亡《ぼう》の運《うん》命《めい》を免《まぬ》かれなかつた。獨《ひと》り愛《あい》のうえに建《た》てた基督教《きりすときよう》の王國《おうこく》のみ、永《なが》く榮《さか》えるであろう』と嘆《たん》じたと云《い》いますが、愛《あい》の人《じん》心《しん》に於《お》ける影響《えいきよう》ほど、恐《おそ》らく強《つよ》いものわ有《あ》りますまい。

第五十六　蛙《かえる》の國王《こくおう》

池《いけ》や沼《ぬま》に樂《たの》しく自由《じゆう》に暮《くら》して居《い》た蛙共《かえるども》が、或日《あるひ》喧《やかま》しい會議《かいぎ》を開《ひら》いて、國王《こくおう》を立《た》てようと云《い》う相談《そうだん》をしました。其《そ》處《こ》で神《かみ》に向《むか》い、王《おう》を授《さず》け給《たま》えと祈《いの》りました處《ところ》、神《かみ》わ其《そ》の生意氣《なまいき》な望《のぞ》みを揶揄《からか》つてやろうと思《おも》い、丸太《まるた》を一本《いつぽん》水《みず》に投《なげ》出《だ》して、『ソレ、其《それ》が汝等《なんじら》の王《おう》だ。』と云《い》いました。蛙共《かえるども》わ其《そ》の水音《みずおと》に怯《おじ》けて、皆《みな》水《みず》のなかえ潜《もぐ》つて了《しま》いましたが、旋《やが》て丸《まる》太《た》が静《しず》かに上《うえ》に浮《う》いて居《い》るのを見《み》ると、漸《やッ》と安《あん》

心《しん》して其《その》周《まわり》に集《あつま》り、終《しまい》にわ上《うえ》え飛《とび》上《あが》ると云《い》う勢《いきお》いでした。併《しか》し王《おう》わ乗《の》られても、蹈《ふ》まれても平《へい》氣《き》で居《い》ますので、斯《こん》様《な》に意《い》氣《く》地《ぢ》がなくても始《し》末《まつ》が悪《わる》いと考《かんが》え、再《ふた》ゝび神《かみ》に嘆《たん》願《がん》しますと、今《こん》度《ど》わ鶴《つる》を授《さず》けて下《くだ》さいましたが、此《こ》の鶴《つる》わ、何《なん》の容《よう》赦《しや》もなく、片《かた》端《はし》から蛙《かえる》を食《く》い始《はじ》めますので、蛙《かえる》も弱《よわ》つて、又《また》お取《とり》換《かえ》を願《ねが》い、若《も》し其《それ》が叶《かな》わずば、寧《いつ》そ舊《もと》の王《おう》にして下《くだ》さいと申《もうし》出《で》ました。其《そ》の時《とき》神《かみ》わ、『それが汝《なんじ》等《ら》の望《のぞ》みである上《うえ》わ、愚《ぐ》人《じん》相《そう》當《とう》の罰《ばつ》を受《う》けるが可《よ》かろう』と言《い》つて懲《こら》したと云《い》うことです。

訓《くん》言《げん》　聊《いさ》ゝかの理《り》由《ゆう》のために、規《き》定《てい》の支《し》配《はい》者《しや》を換《か》えるな。

解説《かいせつ》　此《こ》の話《はなし》を作《つく》つた原因《げんいん》わ、能《よ》く判《わか》つて居《い》ます。イソツプがアゼンスに居《い》た頃《ころ》、丁度《ちようど》ピジストラタスが、時《とき》の黨派《とうは》を利用《りよう》して主権者《しゆけんじや》の位地《いち》に上《のぼ》つたのです。處《ところ》が、其《そ》の政治《せいじ》が公平《こうへい》であつたに拘《かゝ》わらず、人民《じんみん》わ不平《ふへい》を唱《とな》えて、屢《しば》ば隠謀《いんぼう》を企《くわだ》てました。イソツプわ其《それ》を嘆《なげ》き、雙方《そうほう》を調和《ちようわ》させようと云《い》う考《かんがえ》で、その意《い》味《み》を此《こ》の話《はなし》に寄《よ》せ、たといピジストラタスを取換《とりか》えたとて、一層《いつそう》苛酷《かこく》な支配者《しはいしや》に苦《くる》しめられるに違《ちがい》ないと言《い》つて、人民《じんみん》を諷《ふう》したのです。

第五十七　烏《からす》と蛤《はまぐり》

甲《こう》の烏《からす》が蛤《はまぐり》を啄《つゝ》き壊《こわ》そうとして、頻《しきり》に焦慮《あせ》つて居《い》ましたが、一向《いつこう》に埒《らち》があきませんので、傍《そば》に見《み》て居《い》た乙《おつ》の烏《からす》が『力《ちから》ずくで行《い》かぬことわ、手段《しゆだん》を用《もち》いたまえ。其《そ》の蛤《はまぐり》を成《な》るたけ高《たか》く空《そら》え持《も》つて上《あが》つて、岩《いわ》の上《うえ》え落《おと》せば、造作《ぞうさ》もなく破《わ》れるじやないか』と忠告《ちうこく》しました。

甲《こう》わ悦《よろこ》んで、教《おし》えられた通《とう》りに、岩《いわ》を目《め》がけて蛤《はまぐり》を落《おと》しますと、其《そ》の勢《いきお》いで貝《かい》わ美事《みごと》に壊《こわ》れましたが、其《そ》の代《かわ》り、狡猾《こうかつ》な助言者《じよげんしや》の爲《た》めに、そつくり啣《くわ》えて持《も》つて行《い》かれたと云《い》うことです。

訓言《くんげん》　利己主義《りこしゅぎ》の忠告《ちうこく》に用心《ようじん》せよ。

解説《かいせつ》　我等《われら》を瞞《だま》して、自分《じぶん》の腹《はら》を肥《こや》そうとする人《ひと》の忠告《ちうこく》にわ、決《けつ》して耳《みゝ》を假《か》してわなりません。此《こ》の話《はなし》の眞《しん》意《い》を深《ふか》く翫味《がんみ》すれば、迂濶《うつかり》と投機者《とうきしや》の助言《じよげん》などに乘《の》つて、蛤《はまぐり》を横取《よこどり》された烏《からす》と同様《どうよう》、資本《しほん》を摺《す》つて了《しま》うような災難《さいなん》も、豫《あらか》じめ防《ふせ》ぐ事《こと》が出來《でき》ようかと思《おも》われます。尤《もつと》も此處《こゝ》の烏《からす》の忠告《ちうこく》わ、如何《いか》にも有益《ゆうえき》にわ違《ちがい》ありませんが、其《そ》の心意氣《こゝろいき》が面白《おもしろ》くないのです。

第五十八　婆《ばあ》さんと下女《げじょ》

或《ある》婆《ばあ》さんが幾人《いくにん》かの下《げ》女《じょ》を使《つか》つておりましたが、下《げ》女《じょ》わ毎《まい》朝《あさ》一《いち》番《ばん》鶏《どり》が鳴《な》くと、もう直《じき》に呼《よび》起《おこ》されるのが辛《つら》く、如《ど》何《う》にかして朝《あさ》寝《ね》の出《で》來《き》る工《く》夫《ふう》わないものかと、種《いろ》々《く》相《そう》談《だん》の結《けつ》果《か》、畢《つま》竟《り》この鶏《とり》が居《い》ればこそ、早《はや》くから起《おこ》される、彼《あれ》さえ殺《ころ》して了《しま》えば、起《おこ》しもすまいと、窃《ソッ》と鶏《とり》を殺《ころ》して了《しま》いました。處《ところ》が、婆《ばあ》さんわ、時《とき》が判《わか》らなくなつたので、まだ一《いち》番《ばん》鶏《どり》の鳴《な》きそうにもない時《じ》刻《こく》から、煩《うるさ》く呼《よび》起《おこ》しますので、益《ます》々《く》始《し》末《まつ》が悪《わる》くなつたと云《い》うことです。

訓言《くんげん》　餘《あま》りに細工《さいく》をすれば益《ますま》す惡《わる》くなる。

解説《かいせつ》　思《おも》う事《こと》の丁度《ちようど》に行《い》くと云《い》う事《こと》わ、滅多《めつた》にわありません。目前《もくぜん》の苦痛《くつう》に忍《しの》ぶことが出來《でき》ず、あゝかこうかと工夫《くふう》を凝《こら》すうち、段々《だんだん》惡《わる》い方《ほう》え陷《おち》いるのわ、間々《まゝ》ある事《こと》ですから、寧《むし》ろ少《すこ》しばかりの不便《ふべん》わあつても、出來《でき》るだけわ我慢《がまん》して居《い》た方《ほう》が好《い》いのです。『過《す》ぎたるわ猶《なお》及《およ》ばざるが如《ごと》し』とも云《い》いますから、據《よんどこ》ろない場合《ばあい》の外《ほか》わ、餘《あま》り物事《ものごと》を變更《へんこう》しないように心《こゝろ》がけねばなりません。

第五十九　狐《きつね》と兎《うさぎ》

狐《きつね》と兎《うさぎ》とが、各《おのおの》神《かみ》に嘆《たん》願《がん》し、狐《きつね》わ兎《うさぎ》のように長《なが》い足《あし》をお授《さず》け下《くだ》さいと願《ねが》い、兎《うさぎ》わ何《どう》卒《か》狐《きつね》のように敏《はし》捷《こ》い智《ち》慧《え》を与《あた》えて戴《いただ》きたいと申《もうし》出《で》ました。其《その》時《とき》神《かみ》の仰《おうせ》に、『すべて動《どう》物《ぶつ》わ夫《それ》々《ぐ》特《とく》殊《しゅ》の能《のう》力《りょく》を分《わ》け与《あた》えてあるので、好《よ》き才《さい》能《のう》を一《いっ》種《しゅ》の動《どう》物《ぶつ》に具《ぐ》備《び》するのわ、神《かみ》の本《ほん》意《い》でわない。』

訓《くん》言《げん》　現《げん》状《じょう》に満《まん》足《ぞく》せよ。

解《かい》説《せつ》　天《てん》の恵《めぐみ》が、總《すべ》て平《へい》衡《こう》に分《ぶん》配《ぱい》されてあると云《い》うことわ、少《すこ》し考《かんが》えれば直《じき》に解《わか》ることです。如《い》何《か》なる動《どう》物《ぶつ》も、其《それ》に對《たい》して不《ふ》足《そく》を唱《とな》える理《り》由《ゆう》わありません。併《しか》し。世《よ》のなかにわ、其《その》不《ふ》平《へい》を鳴《なら》す人《ひと》が、澤《たく》山《さん》にありま す。或《あるい》わ美《び》を求《もと》め、或《あるい》わ智《ち》を求《もと》め、或《あるい》わ力《ちから》、或《あるい》わ富《とみ》と、殆《ほと》んど際《さい》限《げん》がありません。今《いま》假《かり》に是《こ》等《ら》の希《き》望《ぼう》を、殘《のこ》らず充《みた》すことが出《で》來《き》たと

して、吾等《われら》わ果《はた》して幸福《こうふく》でしようか。望《のぞみ》わ際限《さいげん》がないのですから、寧《むし》ろ退《しりぞ》いて、現在《げんざい》の天恵《てんけい》を感謝《かんしゃ》して居《い》た方《ほう》が幸福《こうふく》なのです。

第六十　獅子《しゝ》と熊《くま》と狐《きつね》

獅子《しゝ》と熊《くま》とが子山羊《こやぎ》を噛殺《かみころ》し、互《たがい》に其《それ》を我《わ》が餌食《えじき》にしようと、打合《うちあ》い噛合《かみあ》いして争《あらそ》つて居《い》るうち、力《ちから》が盡《つ》きて了《しま》い、へト〳〵になつて倒《たお》れて了《しま》いました。

すると其《それ》を見《み》て居《い》た狐《きつね》が、窃《そツ》と傍《そば》え寄《よ》つて來《き》て、子山《こや》羊《ぎ》の死骸《しがい》を掻浚《かつさら》い、後《あと》をも見《み》ず逃《に》げて行《い》きました。獅子《しゝ》と

熊《くま》とわ、看々《みすみす》獲物《えもの》を持《も》つて行《い》かれるのを、手出《てだし》もならず、初《はじ》めて自分達《じぶんたち》の愚《おろか》さに氣《き》がついて、唯《たゞ》殘念《ざんねん》〱と唸《うな》るばかりでした。

訓言《くんげん》 悉《ことごと》く取《と》ろうとすれば、

悉《ことごと》く取《とり》はずす。

解説《かいせつ》 斯《こ》う云《い》う經驗《けいけん》わ人間《にんげん》普《ふ》通《つう》の事《こと》ですが、其《それ》がなかなか容易《ようい》ならぬことです。

世《よ》にわ餘《あま》りに慾《よく》張《ば》りすぎて、却《かえ》つて何物《なにもの》をも取《と》れない例《れい》が屢《しばく》あります。或《あるい》わ自《じ》分《ぶん》に資《し》産《さん》を殖《ふや》そうと考《かんが》えたり、或《あるい》わ不《ふ》相《そう》當《とう》の名《めい》譽《よ》を得《え》ようとして、齷《あく》齪《せく》骨《ほね》を折《お》りますが、其《それ》がために健《けん》康《こう》を害《がい》するなどわ、褒《ほ》めたことでわありません。

第六十一　神《かみ》と蜜《みつ》蜂《ばち》

蜜《みつ》蜂《ばち》わ天《てん》え飛《と》んで行《い》き、蜜《みつ》を神《かみ》に備《そな》えたので、神《かみ》も殊《しゅ》勝《しょう》な其《そ》の心《こゝろ》がけを讃《ほ》めたまい、其《そ》の報《むくい》にわ、何《なん》なりと望《のぞみ》を叶《かな》えてやろうとの仰《おうせ》に、蜜《みつ》蜂《ばち》わ、其《そ》の尾《お》の先《さき》の剣《けん》で刺《さ》せば、何者《なにもの》も忽《たちま》ち死《し》ぬように、と願《ねが》いました。
神《かみ》わ其《そ》の時《とき》、人類《じんるい》が、斯《か》る小虫《しょうちゅう》に悩《なや》まされてわならぬと云《い》う御思召《おぼしめし》から、『若《も》し人《ひと》を刺殺《さしころ》すなら、剣《けん》わ抜《ぬ》けて其《そ》の創《きず》の中《なか》に殘《のこ》り、汝《なんじ》も即座《そくざ》に生命《いのち》を取《と》られるから、其《そ》の心算《つもり》で居《い》よ』と諭《さと》されたと言《い》います。

訓言《くんげん》　他《ひと》に害《がい》を加《くわ》うれば、己《おのれ》も其《そ》のために害《がい》を蒙《こうむ》る。

解説《かいせつ》　此《こ》の蜜蜂《みつばち》の悪心《あくしん》わ、凡《すべ》て他《ひと》に害《がい》を加《くわ》えて悦《よろこ》んで居《い》る悪《わる》い天性《てんせい》の標本《ひょうほん》ともいうべきでしょう。幸《さいわ》いにも天意《てんい》により、害《がい》を加《くわ》うるものわ其《そ》の報《むくい》を受《う》ける定《さだ》めになつて居《お》りますから、人《ひと》わ時《とき》に悪意《あくい》を満足《まんぞく》させようとして、却《かえ》つて自《みず》から禍《わざわい》を來《きた》すのです。今《いま》わ法律《ほうりつ》で悪事《あくじ》の制裁《せいさい》を規定《きてい》してありますが、尚毒言《なおどくげん》を放《はな》つて人《ひと》を傷《きずつ》ける者《もの》が絶《た》えません。

此《こ》の毒《どく》のある舌《した》に刺《さ》されますと、案外酷《あんがいひど》い手《て》瘡《きず》を負《お》うこともあります。希伯拉《へぶりう》の詩人《しじん》わ『爾《なんじ》わ氷《こうり》の如《ごと》く清《きよ》く雪《ゆき》の如《ごと》く潔《いさぎよ》しとても、猶誹謗《なおひぼう》を免《まぬ》かれじ』と言《い》いましたが、併《しか》し毒言《どくげん》ほど人《ひと》の品性《ひんせい》を落《おと》すものわありませんから、毒言者其人《どくげんしゃそのひと》わ道徳上《どうとくじょう》の死人《しにん》と謂《い》つても可《い》い。其《そ》の愚《おろ》かさわ、空《そら》を仰《あお》いで唾《つば》を吐《は》くと同《おな》じです。

第六十二 鴉《からす》と水瓶《みずがめ》

咽喉《のど》が渇《かわ》いて、死《し》にそうになつた鴉《からす》が、ふと水《みず》瓶《がめ》を見《み》つけたものですから、大悦《おうよろこ》びで降《お》りて來《き》ましたが、水《みず》が少《すく》ないので喙《くちばし》が屆《とゞ》かず、頻《しきり》に抵《もど》梧《か》しがつて、果《はて》わ水《みず》瓶《がめ》を轉《ひつ》覆《くらか》えして、一《ひと》雫《しずく》でも水《みず》に有《あり》つこうとしましたが、其《それ》も自《じ》分《ぶん》の力《ちから》にわ及《およ》びませんでした。するうち好《い》い思《し》案《あん》が浮《うか》び、砂《じゃ》利《り》を喙《くちばし》で掬《すく》うてわ瓶《かめ》のなかえ落《おと》しましたので、漸《ようや》く水《みず》嵩《かさ》が増《ま》し、思《おも》うように水《みず》を呑《の》むことが出《で》來《き》ました。

訓《くん》言《げん》 力《ちから》に及《およ》ばぬ事《こと》も智《ち》慧《え》あれば成《な》し遂《と》げ得《う》べし。

解説《かいせつ》　總《すべ》て先見《せんけん》のない努力《どりょく》わ、何《なん》の役《やく》にも立《た》ちません。動物《どうぶつ》わ力《ちから》さえあれば事足《ことた》つて行《ゆ》くかも知《し》れませぬが、人間《にんげん》にわ優勝《ゆうしょう》な天賦《てんぶ》の理性《りせい》を開發《かいはつ》すると云《い》う事《こと》が大《たい》切《せつ》なのです。努力《どりょく》も必要《ひつよう》ですが、今一《いまひと》つ熟慮《じゅくりょ》と云《い》うものがあつて、始《はじ》めて完全《かんぜん》な成功《せいこう》が期《き》せられるのです。

第六十三　大《おう》きな約束《やくそく》

醫師《いし》にも見放《みはな》された一人《ひとり》の患者《かんじゃ》が、神《かみ》に祈誓《きせい》を籠《こ》め、『此《こ》の病氣《びょうき》が癒《なお》れば、必《かなら》ず千頭《せんとう》の牛《うし》を犠牲《ぎせい》に備《そな》えます』と言《い》いますので、妻《つま》が心配《しんぱい》し、『濫《むやみ》に其様《そん》な約束《やくそく》をして、病《びょう》氣《き》が癒《なお》つた時《とき》、如何所《どこ》に其《そ》の牛《うし》がありますか』と忠告《ちゅうこく》したのでしたが、夫《おっと》わ更《さら》に頓着《とんちゃく》せず、『馬鹿《ばか》を言《い》いなさい。神《かみ》さまに負債《ふさい》をしたところで、人間《にんげん》を裁判所《さいばんしょ》え訴《うった》えやしまいて』と笑《わら》つて居《い》ました。

神《かみ》わ彼《かれ》の心《こゝろ》を試《ため》すために、兎《と》も角《かく》病氣《びょうき》わ癒《なお》してやりましたので、彼《かれ》わ新粉細工《しんこざいく》で千頭《せんとう》の牛《うし》を拵《こしら》え、恭《うやうや》しく祭壇《さいだん》に備《そな》えました。すると此《こ》の神《かみ》を愚弄《ぐろう》した仕打《しうち》の罰《ばつ》わ早《はや》いもの、其《そ》の夜《よ》の夢《ゆめ》に異人《いじん》が現《あらわ》れ、海濱《かいひん》の或場所《あるばしょ》を捜《さが》せば、必《かなら》ず莫大《ばくだい》の寳《たから》が見《み》つかる、と云《い》うお詫宣《つげ》がありましたので、翌朝《よくあさ》早速《そうそく》出《で》かけて行《い》き、連《しきり》に寳《たから》を捜《さが》して居《い》るところえ、数多《あまた》の海賊《かいぞく》が現《あら》われ、忽《たちま》ち生擒《いけど》られて了《しま》いました。斯《こ》うなつてわ仕《し》方《かた》がありません、『金《かね》は幾《いく》千《せん》圓《えん》でも積《つ》むから、何卒《どうぞ》助《たす》けてくれ』と哀《あい》願《がん》しましたが、海賊《かいぞく》わ肯《き》ゝ入《い》れず、連《つ》れて行《い》つて、奴《ど》隷《れい》に賣《う》つて了《しま》いました。

訓《くん》言《げん》　蒔《ま》いた物《もの》わ蒔《ま》いたもので返《かえ》る。

解《かい》説《せつ》　實《じつ》行《こう》する氣《き》もないのに、妄《む》やみなことを誓《ちか》うなどわ、甚《はなは》だ良《よ》くないことです。『苦《くる》しい時《とき》の神《かみ》頼《だの》み』で、病《びょう》氣《き》や困《こん》難《なん》の場《ば》合《あい》にわ、必《かなら》ずお禮《れい》わ致《いた》しますからと、出《で》任《まか》せの約《やく》束《そく》をしますが、扨《さて》それが濟《す》んで了《しま》うと、寄《より》つきもしない人《ひと》が澤山《たくさん》あります。尤《もつと》も其時《そのとき》わ約束《やくそく》を守《まも》る氣《き》で居《い》るのかも知《し》れませんが、約束《やくそく》を果《はた》すと云《い》うのわ、誰《たれ》にしても困難《こんなん》の事《こと》ですから、知《し》らず識《し》らず等《なお》閑《ざり》になつて了《しま》うのでしよう。孰《いず》れにせよ、無責任《むせきにん》な約《やく》束《そく》わせぬに限《かぎ》ります。

第六十四　山家《やまあらし》と蛇《へび》

山家《やまあらし》が居所《いどころ》のないのに弱《よわ》つて、蛇《へび》に頼《たの》んで穴《あな》え同居《どうきよ》することになりました。

處《ところ》が山家《やまあらし》にわ鋭《するど》い硬《こわ》い毛《け》があつて、其《そ》のために始終《しどう》刺《さ》

されるものですから、蛇《へび》も閉口《へいこう》して、『こうと知《し》つたら、頼《たの》みを聴《き》くのでわなかつた』と、其事《そのこと》を山豕《やまあらし》に話《はな》し、立退《たちのき》を頼《たの》みますと、山豕《やまあらし》わ威《い》張《ば》つたもので、『己《おれ》の方《ほう》でわ至《し》極《ごく》工《く》合《あい》が好《い》い。厭《いや》ならお前《まえ》の方《ほう》から出《で》て行《い》け。』と取《とり》合《あ》いませんでした。

訓《くん》言《げん》　輕《かろ》々《ぐ》しく友《とも》を撰《えら》べば悔《く》ゆることあり。

解説《かいせつ》　友《とも》を選《えら》ぶにわ、餘《よ》程《ほど》考《かんが》えなければなりません。人《ひと》と船《ふね》え一緒《いつしよ》に乗《の》る時《とき》、能《よ》く相手《あいて》の詮議《せんぎ》をしないと、沖《おき》え出《で》てから後悔《こうかい》しても追着《おつゝ》かないと同《おな》じに、一度《いちど》誤《あや》まれば、挽回《とりかえし》がつかぬのです。悪《わる》い友人《ゆうじん》と交《まじ》わるくらいなら、寧《いつ》そ獨《ひとり》で居《い》た方《ほう》が優《まし》なのです。妻《つま》を擇《えら》ぶにしても矢張《やはり》其《そ》の通《とう》りで、迂闊《うつかり》取決《とりき》めて、其《それ》がためにに一生《いつしよう》悩《なや》まされるような例《れい》わ幾許《いくら》もあります。

第六十五　寡婦《かふ》と牝鶏《めんどり》

一人《ひとり》の寡婦《かふ》が、一羽《いちわ》の牝鶏《めんどり》を飼《か》つて居《い》ましたが、此《こ》の牝《めん》

第六十五　寡婦と牝鶏

鶏《どり》わ、必《かなら》ず日《ひ》に一《ひと》つ宛《づゝ》卵《たまご》を産《う》みますので、若《も》し二《に》倍《ばい》の麦《むぎ》を食《くわ》せたら、二《ふた》つ宛《づゝ》産《う》むであろうと、食《しょく》物《もつ》を倍《ばい》にしてやりまし

た。鶏《とり》わ其《それ》がために丸々《まるく》と肥《ふと》り、羽《はね》もつや〳〵と美《うつ》くしくなつて來《き》ましたが、肝腎《かんじん》の卵《たまご》わ一《ひと》つも産《う》まなくなつて了《しま》いました。

訓言《くんげん》 其《その》まゝに置《お》け。

解説《かいせつ》 此《こ》の話《はなし》わ貪慾《どんよく》の弊《へい》と、法外《ほうがい》な望《のぞ》みの害《がい》と、今一《いまひと》つわ、餘《あま》り物事《ものごと》を變更《へんこう》するのわ愚《ぐ》であると云《い》うことを教《おし》えて居《い》ます。何《なに》によらず大《たい》した不都合《ふつごう》もなかつたら、其《それ》で滿足《まんぞく》して居《い》る方《ほう》が好《よ》いので、餘計《よけい》な企《くわだ》てを起《おこ》せば、却《かえ》つて始末《しまつ》の惡《わる》くなることがあります。總《すべ》て不滿《ふまん》と云《い》うことわ、不幸《ふこう》の源《みなもと》で、其《そ》のために、充分幸福《じゅうぶんこうふく》であるべき事《こと》も樂《たの》しむことが出來《でき》ず、始終苦惱《しじょうくのう》を感《かん》ずるのみならず、終《つい》に有《あ》る物《もの》をも無《な》くして了《しま》うのです。人《ひと》わ成《な》るべく事柄《ことがら》を好《い》い方《ほう》え解釋《かいしゃく》して、現在《げんざい》の天福《てんぷく》を樂《たの》しまなければなりません。

第六十六　兎《うさぎ》と蛙《かえる》

ある年《とし》大《おう》暴風《あらし》が起《おこ》つて、森《もり》の喬木《きょうぼく》わゴーゴーと鳴《な》り、灌木《かんぼく》わ吹捲《ふきまく》られて、凄《すさま》じい勢《いきおい》でしたが、其時《そのとき》公園《こうえん》に居《い》た大勢《おうぜい》の兎《うさぎ》が、迚《とて》も居《い》たゝまらず、此《こ》のまゝに居《い》てわ死《し》ん

で了《しま》うより外《ほか》わない、何處《どこ》ぞ他《ほか》に隠《かく》れ場《ば》所《しょ》を求《もと》めようと、一《いち》同《どう》協《きょう》議《ぎ》の上《うえ》、垣《かき》根《ね》の隙《すき》間《ま》からゾロ〱逃《に》げて出《で》ました。

處《ところ》が歩《ある》いて居《い》るうち、ふと大《おう》きい湖《こ》水《すい》の前《まえ》え出《で》たものですから、行《い》くにも行《い》かれず、途《と》方《ほう》に暮《く》れて、一《いち》同《どう》其《そ》處《こ》へ身《み》を投《な》げようと決《けつ》心《しん》して駈《か》け出《だ》しますと、其《そ》處《こ》らに遊《あそ》んで居《い》た蛙《かえる》が、周《あわ》章《て》て我《われ》勝《がち》に水《すい》中《ちう》え飛《とび》込《こ》みました。それを見《み》た先《せん》頭《とう》の兎《うさぎ》わ急《きう》に立止《たちどま》り『ヤア皆《みな》さん、お互《たがい》に未《ま》だ其様《そんな》に失望《しつぼう》したものでもない。御覧《ごらん》なさい、あの惨《みじめ》な蛙《かえる》に比《くら》べてわ、お互《たがい》に此《こ》の位《くらい》の事《こと》で死《し》ぬのわ、餘《あま》り忍耐力《にんたいりょく》に乏《とぼ》しいと云《い》うものです。』

訓言《くんげん》　薄命《はくめい》なりとて屈《くっ》するな。

解説《かいせつ》　多《おう》くの弱點《じゃくてん》の中《なか》でも、絶望《ぜつぼう》ほど理由《りゆう》のないものわありますまい。絶望《ぜつぼう》わ憶病《おくびょう》や短慮《たんりょ》や、自然《しぜん》の理法《りほう》を信《しん》ずることの出來《でき》ぬ等《とう》のために、困難《こんなん》と闘《たゝか》う氣力《きりょく》に乏《とぼ》しいから起《おこ》るのですが、然程《さほど》でもない危険《きけん》をさも大業《おうぎょう》に考《かんが》え、始終《しじゅう》不安《ふあん》の念《ねん》を懐《いだ》いて居《い》るなどわ氣《き》の弱《よわ》い話《はなし》です。苟《いやし》くも生命《せいめい》のある間《あいだ》わ、希望《きぼう》の絶《た》える氣遣《きづかい》わないので、空《そら》の黒雲《くろくも》が一度《いちど》に不殘地《のこらずち》を蔽《おゝ》うと云《い》う例《れい》もありませんから、人生《じんせい》も然程《さほど》案《あん》じ過《すご》したものでわありません。此《こ》の兎《うさぎ》が狼狽《うろた》え騒《さわ》いだのも、畢竟《つまり》餘計《よけい》な悲観《ひかん》をしたからです。

第六十七　狐《きつね》と狼《おうかみ》

狼《おうかみ》がしこたま食料《しょくりょう》を取込《とりこ》んで、家《うち》に引籠《ひきこも》り、獨《ひと》りで其《それ》を食《く》いながら澄《すま》して居《い》ますと、狐《きつね》が其様子《そのようす》を怪《あや》しく思《おも》い、實否《じつひ》を探《さぐ》つてやろうと、尋《たず》ねて行《い》きましたが、狼《おうかみ》わ病氣《びようき》と云《い》つて會《あ》いませんでした。狐《きつね》わテツキリ其《それ》に違《ちがい》ないと見定《みさだ》め其足《そのあし》で羊飼《ひつじかい》のところえ行《ゆ》き、狼《おうかみ》が今穴《いまあな》に寢《ね》て居《い》るから、打殺《うちころ》しておしまいなさいと告《つ》げましたので、羊飼《ひつじかい》わ早速出《さつそくで》かけて、狼《おうかみ》を殺《ころ》しましたが、狐《きつね》わ甘《うま》く行《い》つたと、悦《よろこ》んで穴《あな》え入《はい》り、散々食物《さんぐたべもの》を食荒《たべあら》しましたが、其《それ》も永《なが》くわ續《つゞ》かず、其後羊飼《そのゝちひつじかい》わ穴《あな》の前《まえ》を通《とう》つて、狐《きつね》の居《い》ることに氣《き》がつき、狼《おうかみ》同様打殺《どうようこうちころ》して了《しま》つたと云《い》います。

訓言《くんげん》　禍《わざわい》を醸《かも》すものわ禍《わざわい》を得《う》べし。

解説《かいせつ》 此《こ》の話《はなし》の眞《まこと》である證據《しょうこ》わ、人間社會《にんげんしゃかい》に幾何《いくら》もあります。『禍《わざわい》わ雛《ひな》の如《ごと》く巣《す》に戻《もど》る』と云《い》う諺《ことわざ》もありますが、『劍《けん》で打《う》てば鞘《さや》で打《う》たれる』と云《い》うのも同《おな》じ意味《いみ》です。

第六十八　犬《いぬ》と羊《ひつじ》

犬《いぬ》が羊《ひつじ》に食物《しょくもつ》の貸《かし》があると云《い》うので、裁判所《さいばんしょ》え訴《うった》えて出《で》ました。すると其時《そのとき》の裁判官《さいばんかん》が鳶《とび》と狼《おうかみ》とで、何《なん》の辯論《べんろん》も證據調《しょうこしらべ》もせずに、忽《たちま》ち犬《いぬ》の方《ほう》え勝《かち》を言渡《いゝわた》しますと、犬《いぬ》わ直《たゞち》に飛《とび》かゝつて憫《あわれ》な羊《ひつじ》を噛殺《かみころ》し、不正《ふせい》な裁判官《さいばんかん》と共《とも》に、獲物《えもの》を配《わ》けました。

訓言《くんげん》　法官《ほうかん》わ私利《しり》を計《はか》るべからず。

解説《かいせつ》　今《いま》わ昔《むかし》と違《ちが》い、法律《ほうりつ》も行《ゆき》とゞき、裁《さい》判官《ばんかん》も公平《こうへい》でありますから、此《こ》の話《はなし》の教訓《きょうくん》も、先《ま》ず必要《ひつよう》がなくなつたようで

す。法律《ほうりつ》の前《まえ》にわ、王侯貴人《おうこうきじん》も田夫野人《でんぷやじん》も同等《どうく》に服従《ふくじう》する義務《ぎむ》があります。

第六十九　孔雀《くじやく》と鶴《つる》

或処《あるところ》で、孔雀《くじやく》が鶴《つる》に出會《であ》い反《そり》かえつて其《そ》の美《うつく》しい尾《お》や羽《はね》を擴《ひろ》げて、さも見苦《みぐる》しい常《たゞ》の鳥《とり》のように鶴《つる》を見下《みくだ》しましたので、鶴《つる》も此處《こゝ》ぞと伸《のび》あがり。成程《なるほど》其《そ》の羽《はね》や尾《お》わ、見《み》たところ綺麗《きれい》にわ違《ちがい》ないが、然《しか》し自分《じぶん》わ雲《くも》のうえまで昇《のぼ》ることが出來《でき》る。それに比《くら》べてわ、お前方《まえがた》孔雀《くじやく》などわ唯《たゞ》美《うつく》しいばかりで、鶏《にわとり》同様《どうよう》、容體《ようだい》ぶつて地面《じめん》を歩《ある》き、小供《こども》の

見《み》せものになる位《くらい》が關《せき》の山《やま》でわないかと、辱《はじ》しめてやりました。

訓《くん》言《げん》　外《がい》貌《ぼう》わ僞《いつわり》多《おう》し。

解《かい》説《せつ》　此《こ》の話《はなし》の趣《しゅ》意《い》わ、美《び》服《ふく》盛《せい》装《そう》するのを、強《あなが》ち惡《わる》いと云《い》うのでわありません。衣《い》服《ふく》も時《とき》に取《と》つてわ、品位《ひんい》を保《たも》つために相當《そうとう》に飾《かざ》らなければなりませんが、併《しか》し躰《からだ》を飾《かざ》つて、其《それ》で人間《にんげん》の價値《かち》が上《あが》つたと思《おも》うのわ、大《おう》きな誤解《ごかい》です。粗服《そふく》の下《した》に、隨分立派《ずいぶんりつぱ》な心《こゝろ》が潜《ひそ》んで居《い》る例《れい》と同《おな》じく、衣服《いふく》を着飾《きかざ》つた人《ひと》にも、往々《おうくく》見《み》かけ倒《だお》しがあるのですから、内容《ないよう》を充分調《じうぶんしら》べた上《うえ》でなければ、滅多《めつた》に人《ひと》の評價《ひようか》わ下《くだ》せません。

第七十　蝮蛇《まむし》に鑢《やすり》

蝮《まむ》蛇《し》が窃《そツ》と鍛《か》冶《じ》屋《や》の仕《し》事《ごと》場《ば》え這《はい》込《こ》んで來《き》ながら、何《なん》ぞ食《たべ》物《もの》がないかと捜《さが》すうち、鑢《やすり》が目《め》につきましたので、此《これ》わ甘《うま》いと頻《しき》りに咬《かみ》つきました。すると鑢《やすり》が荒《あら》い調子《ちょうし》で、『鉄《てつ》や鋼鉄《はがね》さえ磨《すり》へらす他《ひと》の躰《からだ》に咬《かみ》ついて、お前《まえ》わ何《なん》の得《とく》がある。サア危《あぶな》いから凝《じつ》として居《い》ろ。』と窘《たしな》めました。

訓言《くんげん》　非望《ひぼう》わ企《くわだ》つるなかれ。

解説《かいせつ》　世《よ》にわ往々《おうおう》自分《じぶん》に不適當《ふてきとう》な職業《しょくぎょう》を選《えら》ぶ人《ひと》がありますが、其《それ》で辛抱《しんぼう》した結果《けっか》わ、自分《じぶん》を害《がい》し、資産《しさん》や名《めい》譽《よ》を失《うしな》うに過《す》ぎないのです。

第七十一　驢《ろ》馬《ば》と獅《し》子《ゝ》と鶏《とり》

驢《ろ》馬《ば》と雄《おん》鶏《どり》が、ある農《のう》家《か》の庭《にわ》先《さき》で一《いっ》所《しょ》に餌《え》を食《た》べて居《い》ますと、丁《ちょう》度《ど》獅《し》子《ゝ》が通《とう》りかゝり、驢《ろ》馬《ば》を取《とり》殺《ころ》す法《ほう》わないかと立《たち》止《どま》つて思《し》案《あん》して居《い》ました。しかし其《その》時《とき》、不《ふ》意《い》に鶏《とり》が聲《こえ》高《たか》く啼《な》きましたので、獅《し》子《ゝ》わ怯《おじ》氣《け》がつき、急《いそ》いで逃《にげ》出《だ》しました。驢《ろ》馬《ば》わそれと見《み》ると、憎《にく》い敵《てき》め、追《おっ》かけてくれようと、急《いそ》いで驅《か》け出《だ》したのわ宜《よ》かつたが、二《に》三《さん》町《ちょう》も行《い》かぬうち、獅《し》子《ゝ》わ忽《たちま》ち引《ひき》返《かえ》して、驢《ろ》馬《ば》を一《ひと》掴《つか》みに裂《さ》こうとしますので、愚《おろ》かな獸《けもの》わ初《はじ》めて氣《き》がつき、『ア、、何《なに》も求《もと》めて斯《こ》様《ん》な目《め》に遇《あ》わずとも、己《おれ》わ安《あん》氣《き》に暮《くら》せる躰《からだ》を、弱《よわ》い癖《くせ》に強《つよ》がつて、猛獣《もうじう》の顎《あご》え飛《とび》込《こ》むとわ情《なさけ》ない。』と言《い》つて嘆《なげ》いたと云《い》います。

訓《くん》言《げん》　大《たい》言《げん》わ大《たい》事《じ》を成《な》し得《え》ず。

解《かい》説《せつ》　平《へい》生《せい》兎《と》角《かく》大《たい》言《げん》壮《そう》語《ご》をしながら、いざ實《じつ》際《さい》に臨《のぞ》むとなると、何《なに》事《ごと》も爲《な》し得《え》ぬ人《ひと》わ幾《いく》許《ら》もあります。自《じ》分《ぶん》で自《じ》身《しん》の才《さい》能《のう》を買《かい》被《かぶ》つて居《い》る人《ひと》ほど、馬《ば》鹿《か》〳〵しいものわありません。敲《たゝ》けば大《おうき》い響《ひゞき》を發《はつ》する樽《たる》わ其《その》實《じつ》空《から》で、默《だま》つて居《い》る人《ひと》ほど賢《かしこ》い頭《あた》腦《ま》を持《も》つて居《い》ます。

第七十二　鴉《からす》と孔《く》雀《じやく》

或《あ》るところに高《こう》慢《まん》な野《や》心《しん》家《か》の鴉《からす》がありまして、醜《みにく》い鴉《からす》仲《なか》間《ま》と一《いつ》所《しよ》に居《い》るのを嫌《きら》い、孔《く》雀《じやく》の脱《ぬけ》毛《げ》を拾《ひろ》つて自《じ》分《ぶん》の躰《からだ》を飾《かざ》り、綺《き》麗《れい》な孔《く》雀《じやく》のなかえ交《まじ》つて、得《とく》意《い》になつて居《お》りました。すると孔《く》雀《じやく》わ直《じき》に其《それ》を看《み》破《あらわ》して、其《そ》の生《なま》意《い》氣《き》を憎《にく》み、寄《よ》つて集《たか》つて飾《かざ》りの羽《う》毛《もう》を啄《つゝ》きおとし、仲《なか》間《ま》から逐《おい》出《だ》して了《しま》いました。

鴉《からす》わ悲《かなし》み歎《なげ》きながら、仕《し》方《かた》がないから、又《また》スゴ〳〵元《もと》の鴉《からす》仲《なか》間《ま》え還《かえ》つて來《き》ましたが、鴉《からす》の仲《なか》間《ま》でも其《そ》の擧《ふる》動《まい》を悪《にく》んで居《い》た矢《や》先《さき》でありますから、誰《たれ》も相《あい》手《て》にするものわあ

第七十二　鴉と孔雀

りませんでした。殊《こと》に其《そ》のなかの一羽《いちわ》わ、彼《かれ》の傍《そば》え寄《よ》つて、『お前《まえ》も天《てん》から授《さず》かつた鴉《からす》の分《ぶん》に安《やす》んじて餘《よ》計《けい》な野《や》心《しん》など起《おこ》さなかつたなら、今斯様《いまこう》して仲間《なかま》から爪彈《つまはじ》きされることもなかつたであろうに。』といつて嗤《わら》つたと云《い》うことです。

訓言《くんげん》　不《ふ》相《そう》應《おう》なる名《めい》譽《よ》を望《のぞ》むなかれ

解説《かいせつ》　ある人《ひと》わ、兎《と》角《かく》身《み》柄《がら》にもなき體《てい》裁《さい》を装《よそ》うて、其《それ》が爲《ため》に却《かえ》つて長《ちょう》上《じょう》からわ鼻《はな》を撮《つま》まれ、同《どう》輩《はい》からも後《うしろ》指《ゆび》をさゝれるのですが、眞《まこと》の紳《しん》士《し》わ斯《かゝ》る虚《きょ》飾《しょく》を斥《しりぞ》け、自《じ》重《ちょう》して、自《おのず》から人《ひと》に尊《そん》敬《けい》されるのです。人《ひと》わ故《わ》意《ざ》

と地《ち》位《い》以《ゝ》下《か》に身《み》を落《おと》すようなことをしても不可《いけ》ません
が、此《こ》の愚《おろか》な鴉《からす》のようでわ尚《なお》更《さら》困《こま》ります。

第七十三　蟻《あり》と蠅《はい》

ある日《ひ》蟻《あり》と蠅《はい》が途《みち》で出《で》逢《あ》い、何《どち》方《ら》の生《くら》活《し》が立《りつ》派《ぱ》であるかと云《い》う話《はなし》が始《はじ》まり、互《たがい》に一《いつ》生《しよう》懸《けん》命《めい》で論《ろん》じました。其《そ》の時《とき》蠅《はい》が、『己《おれ》の言《い》うことわ善《よ》く判《わか》つて居《い》る。また其《そ》の理《り》屈《くつ》に合《あ》つて居《い》ることも明《あきら》かだ。凡《およ》そ神《かみ》に供《そな》えるもので、先《ま》ず己《おれ》が口《くち》をつけないと云《い》う物《もの》わあるまい。己《おれ》わ宏《こう》大《だい》美《び》麗《れい》な神《しん》殿《でん》佛《ぶつ》閣《かく》を飛《とび》あるいて、有《あ》りと有《あ》らゆる御《ご》馳《ち》走《そう》を嘗《な》め、又《また》宮《きう》殿《でん》え入《はい》つてわ、自《じ》由《ゆう》に帝《てい》王《おう》の肩《かた》え止《とま》ることも出《で》來《き》、貴《き》婦《ふ》人《じん》や少《おと》女《め》達《たち》の綺《き》麗《れい》な顔《かお》や頭《あたま》の匂《におい》をも嗅《か》ぎ、何《なん》の骨《ほね》も折《お》らずに、美《うま》い物《もの》を食《た》べ飽《あ》きて居《い》る。こんな結《けつ》構《こう》な生《くら》活《し》が、世《よ》のなかに又《また》とあるものでわない。』と自《じ》慢《まん》をしました。

黙《だま》つて聞《き》いて居《い》た蟻《あり》わ、此《こ》の時《とき》忽《たちま》ち容《かたち》を改《あらた》めまして、『左《さ》様《よう》、招《まね》かれて神《かみ》の御《お》饗《もて》應《なし》に預《あず》かるのなれば、其《それ》わ誠《まこと》に結《けつ》構《こう》であろうが、招《まね》かれもせぬに客《きゃく》に行《い》くのわ些《ちッ》とも有《あり》難《がた》くありません。お前《まえ》さんわ帝《てい》王《おう》や宮《きう》殿《でん》や貴《き》婦《ふ》人《じん》を大《たい》層《そう》懇《こん》意《い》らしくお話《はな》しなさるけれど、私《わたし》が夏《なつ》の收《とり》穫《いれ》をセツセと運《はこ》んで居《い》る時《とき》、壁《かべ》の下《した》や木《き》の蔭《かげ》で、肴《さかな》のお剩《あま》りや肉《にく》の腐《くさ》つたのを、さも美《うま》そうに舐《しやぶ》つて居《い》なさるのを度《たび》々《〳〵》身《み》受《う》けました。成《なる》程《ほど》お前《まえ》さんが夏《なつ》中《じう》遊《あそ》んでおいでなさるのわ、結《けつ》構《こう》です。其《そ》の代《かわ》り冬《ふゆ》になると、何《なん》にも食《た》べるものがなくて、寒《さむ》いやら餒《ひも》じいやらで、死《し》にそうになつて居《い》るでわありませんか。其《その》時《とき》私《わたし》わヌク〱暖《あたゝ》かい家《うち》に住《すま》つて、子《こ》供《ども》と一《いつ》所《しよ》に御《ご》馳《ち》走《そう》の食《たべ》飽《あ》きをして居《い》るのです。』

訓《くん》言《げん》　労《ろう》働《どう》して得《え》たる麺《パ》包《ン》わ最《もつと》も美《うま》し。

解《かい》説《せつ》　二《ふた》つの昆《こん》虫《ちう》を假《か》りて、勉《べん》強《きよう》家《か》と懶《なま》惰《け》者《もの》とを説《せつ》明《めい》したのです。世《よ》にわ此《こ》の蟻《あり》のように時《とき》を重《おも》んじ、人《にん》間《げん》の責《せき》任《にん》の大《おう》いなることを自《じ》覺《かく》して、眞《ま》面《じ》目《め》に生《せい》活《かつ》して居《い》る人《ひと》と、唯《たゞ》目《もく》前《ぜん》の快《かい》樂《らく》を求《もと》め、一《いつ》生《しよう》をウカ〱と遊《あそ》んで送《おく》る人《ひと》と二《に》種《しゆ》ありますが、確《かく》實《じつ》な幸《こう》福《ふく》を得《え》るにわ、最《さい》初《しよ》の方《ほう》法《く》によるより外《ほか》わありません。勞《ろう》働《どう》の中《なか》にわ、人《ひと》に見《み》えぬ幸《こう》福《ふく》の種《た》子《ね》を含《ふく》んで居《い》るのですが、一《いつ》生《しよう》何《なに》事《ごと》をも爲《な》さず、又《また》わ不《ふ》平《へい》ばかり言《い》つて、自《じ》分《ぶん》の躰《からだ》一《ひと》つを持《もて》餘《あま》して居《い》るような人《にん》間《げん》わ、終《しまい》にわ蠅《はい》と同《おな》じ目《め》に逢《あ》うのです。自《じ》分《ぶん》の所《す》好《き》で遣《や》るにしても、境《きよう》遇《ぐう》の必《ひつ》要《よう》に迫《せま》られて遣《や》るにしても、勉《べん》強《きよう》と忍《にん》耐《たい》を以《も》つて職《しよく》務《む》を勵《はげ》むものわ、何《いず》れも必《かなら》ず好《よ》き褒《ほう》美《び》を受《う》けます。

第七十四 蟻《あり》と螽斯《きりぐす》

冬《ふゆ》の事《こと》でしたが、数多《あまた》の蟻《あり》が、夏中《なつじう》働《はたら》いて取収《とりおさ》めた食料《しよくりよう》を整《とゝの》え乾《かわか》すために、小《ちいさ》い國《くに》の周《まわり》え山《やま》のように積《つ》んでおきますと、是《これ》まで遊《あそ》んで居《い》た罰《ばつ》で、食物《たべもの》もなく、見《み》るから哀《あわれ》な螽斯《きりぐす》が寒《さむ》そうに顫《ふる》いながら、其處《そこ》え遣《や》つて來《き》て、何《なん》ぞ少《すこ》しばかり恵《めぐ》んで下《くだ》さいと頼《たの》みました。すると、一匹《いつぴき》の蟻《あり》が出《で》て來《き》て、此《こ》の夏中《なつじう》食料《しよくりよう》を取入《とりい》れもしないで、一體《いつたい》何《なに》をして居《い》ましたか、と尋《たず》ねたのです。螽斯《きりぐす》わ『イヤ、私《わたし》わ冬《ふゆ》のことわ少《すこ》しも考《かんが》えず、毎日《まいにち》汁《つゆ》を吸《す》つたり、歌《うた》を謡《うた》つたり、踊《おど》つたりして、面白《おもしろ》く日《ひ》を送《おく》りました』と答《こた》えましたので、蟻《あり》わ嗤《わら》いながら、『それなら仕《し》方《かた》がない。夏《なつ》中《じう》汁《つゆ》を吸《す》つて、歌《うた》を謡《うた》つて居《い》たとすれば、今《いま》餓《うえ》死《じに》しても恨《うらみ》わない筈《はず》だ。』

訓《くん》言《げん》 末《すえ》の準《じゅん》備《び》を怠《おこた》るな。

解《かい》説《せつ》 生《せい》活《かつ》の困《こん》難《なん》が、豫《あらか》じめ人《ひと》に解《わか》るものであつたなら、其《そ》の苦《くる》しさわ一《いつ》層《そう》甚《はなは》だしいに違《ちがい》ありません。未《み》來《らい》が人《にん》間《げん》に知《し》れないと云《い》うのわ、却《かえ》つて結《けつ》構《こう》な事《こと》かも知《し》れません。其《それ》故《ゆえ》老《ろう》年《ねん》に及《およ》んで休《きう》養《よう》をしようと云《い》うにわ、是《ぜ》非《ひ》とも若《わか》い時《とき》に準《じゅん》備《び》をしておかなければならぬのです。手《て》足《あし》で働《はたら》くか、頭腦《あたま》を使《つか》うか、それわ人《ひと》によつて違《ちが》いますが、兎《と》に角《かく》仕事《しごと》を勵《はげ》むと云《い》うことわ、人間《にんげん》當然《とうぜん》の役目《やくめ》でありましよう。強壯《きようそう》の時機《じき》を、徒《いたずら》に遊《あそ》んで暮《くら》せば、老《お》いて必《かなら》ず悔《く》ゆる時《とき》があります。

第七十五　狡猾《こうかつ》なる女《おんな》

ある處《ところ》に一人《ひとり》の女《おんな》がありまして、自《みずか》ら魔術者《まじゆつしや》と稱《しよう》し、神《かみ》の罰《ばつ》を避《さ》けたり、又《また》未來《みらい》を豫言《よげん》することが出來《でき》ると言觸《いゝふ》らし、數多《あまた》の人《ひと》を迷《まよ》わせましたので、遂《つい》に捕《とら》えられて裁判《さいばん》所《しよ》え送《おく》られ、審問《しんもん》を受《う》けて死刑《しけい》を言渡《いゝわた》されました。その刑《けい》場《じよう》え引《ひ》かれる途《と》中《ちう》、群《ぐん》集《しう》の一《いち》人《にん》が、其《その》女《おんな》に向《むか》い、『お前《まえ》わ神《かみ》に願《ねが》えば、何《なん》によらず御《み》心《こゝろ》を飜《ひるが》えさしめることが出《で》來《き》ると云《い》って居《い》た位《くらい》だのに、自《じ》分《ぶん》の生《いの》命《ち》を助《たす》かるように、裁《さい》判《ばん》官《かん》の氣《き》を變《か》えしめる事《こと》が出《で》來《き》ないのか』と揶《から》揄《か》いました。

訓言《くんげん》　嘘《うそ》は一時《いちじ》。

解説《かいせつ》　未來《みらい》を豫言《よげん》するなど丶佯《いつわ》るものを信《しん》ずる程《ほど》愚《おろ》かな事《こと》わありません。神《かみ》が未來《みらい》を吾々《われわれ》に隠《かく》し給《たも》うわ、大《おう》いなる慈悲《じひ》なので、それを無理《むり》に知《し》ろうとするのわ、神《かみ》の御思召《おぼしめし》に脊《そむ》くと云《い》うものです。似而非豫言者《えせよげんしゃ》が、自身《じしん》の運命《うんめい》すら知《し》ることの出來《でき》ぬのわ、平生《へいせい》の豫言《よげん》が悉《ことごと》く嘘《うそ》であると云《い》う確《たし》かな證據《しょうこ》で、千百中《せんひゃくちゅう》、偶《たま》に一《ひと》つや二《ふた》つわ中《あた》らぬとわ限《かぎ》らぬけれど、其《それ》わ紛《まぐ》れ中《あた》りに過《す》ぎません。

併《しか》し佛《ふ》蘭《らん》西《す》王《おう》ルイ十《じゅう》一《いっ》世《せい》の占《うらない》者《しゃ》わ、悧《り》巧《こう》で頓《とん》智《ち》がありましたから、能《よ》く生《いの》命《ち》を助《たす》かつたと云《い》う話《はなし》です。初《はじ》めルイ王《おう》わ占《うらない》者《しゃ》の力《ちから》を疑《うたが》い、如《ど》何《う》しても氣《き》に入《い》らなかつたものですから、伏《ふく》兵《へい》を設《もう》けて、殺《ころ》して了《しま》おうと思《おも》いましたが、其《そ》の前《まえ》に占《うらない》者《しゃ》に向《むか》い、『お前《まえ》わ自《じ》分《ぶん》の死《し》ぬ時《とき》が判《わか》るか』と訊《き》いて見《み》たのです。占《うらない》者《しゃ》わ抜《ぬか》らぬ顔《かお》で、即《そく》座《ざ》に答《こた》えて、『私《わたくし》の運《うん》星《せい》わ他《ほか》の運《うん》星《せい》と關《かん》係《けい》しております。其《そ》の運《うん》星《せい》によりますと、陛《へい》下《か》と私《わたくし》と同《どう》時《じ》に死《し》ぬと云《い》うことです。』と言《い》いましたので、ルイ王《おう》も閉《へい》口《こう》し、特《とく》別《べつ》に注《ちゅう》意《い》をして占《うらない》者《しゃ》の生《いの》命《ち》を保《ほ》護《ご》してやつたと云《い》います。

第七十六　病《や》める獅子《し》と狐《きつね》

獅子《しゝ》が病氣《びようき》で毎日《まいにち》洞穴《ほらあな》のなかに寢《ね》て居《い》ると云《い》うことを、百獸《ひやくじう》が聞傳《きゝつた》えて、大王《だいおう》の御病氣《ごびようき》とならば、見舞《みまい》に行《い》かねばなるまい、斯《こ》う云《い》う時《とき》に御機嫌《ごきげん》を伺《うかゞ》っておかぬのわ損《そん》と、皆《み》な〳〵出《で》かけることになりましたが、狐《きつね》だけわ其《そ》の仲間入《なかまいり》をしませんでした。そこで獅子《しゝ》が狼《おうかみ》を狐《きつね》の所《ところ》え使者《ししや》に遣《つか》わし、大王《だいおう》の病氣《びようき》が危篤《きとく》と云《い》うに一度《いちど》も見舞《みまい》に來《こ》ぬとわ無禮《ぶれい》でわないか』と言《い》わせますと、狐《きつね》の返事《へんじ》に、『イヤ左様《さう》いう譯《わけ》でわありません。私《わたくし》わ昔《むかし》も今《いま》も大王《だいおう》を敬《うやも》うて居《い》ますので、御病氣《ごびようき》を聞《き》き、二《に》度《ど》も三《さん》度《ど》も伺《うかゞ》いに出《で》ましたが、洞穴《ほらあな》の口《くち》にわ、仲間《なかま》の者《もの》の入《はい》つて行《い》つた足跡《あしあと》ばかりで、出《で》て來《き》た足跡《あしあと》がありませんから、何分《なにぶん》にも可怖《こわ》くて、お傍《そば》へ參《まい》られません』と言《い》いました。

實《じつ》を言《い》えば、獅子《しゝ》わ病氣《びようき》と佯《いつわ》つて、數多《あまた》の獸類《じうるい》を穴《あな》に誘《おび》き寄《よ》せ、思《おも》うまゝに餌食《えじき》を捕《とら》える手段《しゆだん》にしたのです。

訓言《くんげん》　前車《ぜんしや》の覆《くつが》えるわ後車《こうしや》の誡《いまし》め。

解説《かいせつ》　賢《かしこ》い人《ひと》わ、啻《たゞ》に自身《じゝん》の經驗《けいけん》で事《こと》を知《し》るばかりでなく、能《よ》く他人《たにん》の經驗《けいけん》を見《み》て、自分《じぶん》の利益《りえき》にするのです。狐《きつね》わ仲間《なかま》の足跡《あしあと》を見《み》て危險《きけん》を知《し》り、身《み》の滅亡《めつぼう》を脱《のが》れたので、此《こ》の例《れい》によつて、我等《われら》も亦《ま》た、他《ひと》の苦《く》痛《つう》を見《み》て大《おう》いなる智《ち》識《しき》を得《う》ることが出來《でき》ます。經《けい》驗《けん》わ實《じつ》わ自《じ》分《ぶん》で買《か》うより、他《ひと》のを假《か》りた方《ほう》が得《とく》なので、他《た》人《にん》の失《しっ》敗《ぱい》に鑑《かんが》みて、自《みず》から用《よう》心《じん》する心《こゝろ》懸《がけ》があれば、大《たい》抵《てい》間《ま》違《ちがい》わありません。コルトンと云《い》う人《ひと》も『愚《ぐ》人《じん》の愚《ぐ》も、賢《けん》人《じん》の賢《けん》も、畢《ひっ》竟《きよう》共《とも》に有《ゆう》用《よう》のもので、何《いず》れをも棄《す》てず利《り》用《よう》すれば、二《に》重《じう》の智《ち》識《しき》が得《え》られる。猶《なお》楯《たて》と劔《つるぎ》とを併《あわ》せ用《もち》いると同《おな》じ道《どう》理《り》で、暗《あん》黒《こく》からわ其《そ》の安《あん》全《ぜん》を假《か》り、光《こう》明《みよう》からわ其《そ》の信《しん》用《よう》を假《か》りるのである』と言《い》つたそうです。

第七十七　遊《あそ》び好《ずき》の犢《こうし》

遊《あそ》びに耽《ふけ》つて居《い》る犢《こうし》が、牛《うし》の働《はたら》いて居《い》るのを見《み》て、笑《しょう》止《し》で堪《たま》らず、『お前《まえ》わ可哀《かあい》そうに、一日《いちにち》首《くび》に重《おも》い軛《くびき》をつけ、犁《すき》を曳《ひ》いて主人《しゅじん》のために田《た》を耕耘《はりかえ》して居《い》るが、愚鈍《ぐどん》なお前《まえ》のことだから、何《なん》にも知《し》らず、苦使《こきつか》われても平氣《へいき》で居《い》るのであろう。其《それ》に比《くら》べると、己《おれ》などわ幸《しあわせ》だ。御覧《ごらん》なさい己《おれ》の體《からだ》わ何處《どこ》を遊《あそ》んで歩《ある》こうと自分《じぶん》の氣儘《きまゝ》で、涼《すゞ》しい木蔭《こかげ》に寝轉《ねころ》んだり、暖《あたゝ》かい日向《ひなた》を跳《はね》まわつたり、又《また》咽喉《のど》が渇《かわ》けば小河《こがわ》え下《お》りて奇麗《きれい》な水《みず》も飲《の》む。お前《まえ》わ死《し》ぬような苦《くる》しい目《め》に逢《あ》いながら、泥水《どろみず》一口《ひとくち》飲《の》むことが出來《でき》ないとわ、

情《なさけ》ない身《み》のうえだ』と嬲《なぶ》りました。

しかし牛《うし》わ其《それ》を氣《き》にもかけず、靜《しず》かに仕《し》事《ごと》を續《つゞ》けて居《い》ましたが、夕《ゆう》方《がた》になると、軛《くびき》を脱《はず》し、自《じ》由《ゆう》に放《はな》されました。其《その》後《ゝち》犢《こうし》わ野《の》良《ら》から引《ひ》かれて、或《ある》坊《ぼう》さんの手《て》に渡《わた》り、祭《さい》壇《だん》の犠《ぎ》牲《せい》にとて連《つ》れられて行《い》きましたが、頭《あたま》に美《み》事《ごと》な花《はな》を飾《かざ》つて、今《いま》や最《さい》後《ご》の一《いつ》刀《とう》を咽《の》喉《ど》え刺《さ》されようとする時《とき》、前《まえ》の牛《うし》がノソく傍《そば》え寄《よ》つて來《き》て、『傲慢《ごうまん》無禮《ぶれい》の身《み》の果《はて》を今知《いまし》つたか。お前《まえ》を活《いか》してあつたのわ、今日《きよう》の役《やく》に立《た》てる爲《ため》ばかりだ。サア、お前《まえ》と己《おれ》と、孰《どつち》の身《み》のうえが好《い》いか、其《それ》を聞《き》こう』と遣《やり》こめました。

訓言《くんげん》　少年《しようねん》に痴愚《ばか》わ附《つ》き物《もの》。

解説《かいせつ》　『愉快《ゆかい》に且《か》つ賢《かしこ》くあれ』とわ少年《しようねん》に對《たい》する第一《だいゝち》の希望《きぼう》です。遊戯《ゆうぎ》わ少年《しようねん》の天性《てんせい》で、少年《しようねん》わ畢竟《ひつきよう》少年《しようねん》でありますから、時《とき》として調子《ちようし》に乘《の》つて遊《あそ》び狂《くる》うと、何《なん》の惡意《あくい》もなしに、つい惡戲《いたずら》をして了《しま》うことがあります。其様《そん》な時《とき》にわ、妄《むやみ》に氣《き》が面《おも》白《しろ》く、夢《む》中《ちう》になつて了《しま》いますから、知《し》らず識《し》らず年《ねん》長《ちよう》者《しや》や老《ろう》巧《こう》者《しや》に對《たい》して無《ぶ》禮《れい》を働《はたら》くのですが、其《そ》の輕《かる》卒《はずみ》わ充《じう》分《ぶん》戒《いまし》めなければなりません。此《こ》の話《はなし》わ、長《ちよう》者《しや》に對《たい》して濫《みだり》に諧《いた》謔《ずら》を働《はたら》く者《もの》の好《よ》き戒《いまし》めです。

第七十八　車《しや》力《りき》と力《ちから》の神《かみ》

一人《ひとり》の車《しや》力《りき》が、荷《に》車《ぐるま》を曳《ひ》いて田《いな》舎《か》道《みち》を行《い》きますと、つい輪《わ》が泥《ぬか》濘《るみ》え陥《はま》つて、後《あと》えも先《さき》えも動《うご》かぬので、迚《とて》も自《じ》分《ぶん》の力《ちから》にわ叶《かな》わないと觀《かん》念《ねん》して、其《そ》處《こ》に跪《ひざまず》いたまゝ、唯《たゞ》一《いつ》

心《しん》に力《ちから》の神《かみ》のお助《たす》けを祈《いの》つて居《い》ました。すると旋《やが》て力《ちから》の神《かみ》が雲《くも》間《ま》から姿《すがた》を現《あらわ》して、『汝《なんじ》徒《いたず》らに我《われ》を頼《たの》むな。汝《なんじ》わ自《みずか》ら見《み》棄《す》てず、及《およ》ぶ限《かぎ》り力《ちから》を盡《つく》して、馬《うま》をも鞭《むちう》ち、自《じ》分《ぶん》も肩《かた》を添《そ》えて、飽《あ》くまで推《お》して見《み》よ。其《それ》が助《たすけ》を得《う》る手《しゅ》段《だん》だぞ』と諭《さと》されました。

訓《くん》言《げん》　天《てん》わ自《みずか》ら助《たす》くる者《もの》の

みを助《たす》く。

解説《かいせつ》　自《みずか》ら助《たす》けぬものを助《たす》けるのわ、誰《たれ》にしても好《この》みません。それわ徒《いたず》らに労《ろう》力《りよく》を費《ついや》すばかりで、水《みず》のうえに文《も》字《じ》を書《か》き、砂《すな》のうえに種《た》子《ね》を蒔《ま》くと同《おな》じく、何《なん》の効《かい》もないからです。若《も》し自《じ》分《ぶん》の祈《き》願《がん》を聴《きゝ》届《とゞ》けてほしいと思《おも》うなら、祈《き》願《がん》をすると同《どう》時《じ》に、自《じ》身《ゝん》に働《はたら》かねばなりません。西《す》班《ぺ》牙《いん》の諺《ことわざ》にも、『神《かみ》わ一《いつ》心《しん》に祈《いの》り、槌《つち》わ確《しつ》乎《かり》打《う》て』といってあります。

第七十九　植《う》えかえた老木《ろうぼく》

さる處《ところ》の農夫《のうふ》の庭《にわ》に、年古《としふる》く繁《しげ》つて居《い》る林檎《りんご》の樹《き》がありましたが、農夫《のうふ》わ何《なに》よりも其《それ》を大切《たいせつ》に保存《ほぞん》して、其《そ》の實《み》を毎年《まいとし》地主《じぬし》え贈《おく》つて居《い》ました。處《ところ》が地主《じぬし》わ、其《そ》の林檎《りんご》が殊《こと》の外《ほか》の好物《こうぶつ》でしたから、農夫《のうふ》に命《めい》じて、其《そ》の樹《き》を自分《じぶん》の庭《にわ》え植《う》えかえさせましたが、樹《き》わ間《ま》もなく枯《か》れて了《しま》いました。其《それ》を見《み》て地主《じぬし》は嘆息《たんそく》しながら、『ア、己《おれ》も常時《いつも》の分配《すそわけ》で満足《まんぞく》して居《い》れば可《よ》かつたに、餘《あま》り慾張《よくば》つたので、大切《たいせつ》な木《き》を枯《か》らし、來年《らいねん》から所好《すき》な林檎《りんご》も食《く》えなくなつて了《しま》ツた。』

訓言《くんげん》　上《うえ》を望《のぞ》めば皆《みな》まで失《なく》す。

解説《かいせつ》　貪慾家《どんよくか》に限《かぎ》つて近眼《ちかめ》ですから、一層《いつそう》餘計《よけい》に儲《もう》けようとして、却《かえ》つて元《もと》も子《こ》も失《なく》して了《しま》うのです。斯《かゝ》る人《ひと》達《たち》わ、慾《よく》に目《め》が晦《くら》んで居《い》ますから、他人《たにん》を犠牲《ぎせい》として も自分《じぶん》の慾《よく》を乾《かわ》かそうとするので、果《はて》わ自然《しぜん》までも自《じ》分《ぶん》の思《おも》い通《どう》りに爲《し》ようと焦心《あせ》りますが、しかしそう何《なん》人《びと》も自然《しぜん》の規《き》則《そく》に逆《さから》い、其《そ》の秩序《ちつじよ》を變更《へんこう》することわ出來《でき》ないのですから、無法《むほう》な慾望《よくぼう》わ、終《しまい》にわ失望《しつぼう》を招《まね》くのです。何《なに》か慾望《よくぼう》を起《おこ》すと、平生《へいせい》の理解力《りかいりよく》も鈍《にぶ》くなり、お先眞闇《さきまつくら》になつて、何事《なにごと》も思《おも》う通《とう》りにわ行《い》かぬと云《い》う事《こと》も忘《わす》れて了《しま》うのわ、誰《たれ》しも有勝《ありがち》のことですから、慾望《よくぼう》の爲《た》めに過《あやま》られまいと思《おも》うなら、早《はや》く其《それ》を抑《おさ》えなければなりません。

第八十　腹《はら》と四肢《し》

曾《かつ》て人體《じんたい》の各部《かくぶ》に争《あらそ》いが起《おこ》りました。其時《そのとき》一同《いちどう》集《あつま》つて、我等《われら》わ名々《めいく》只《たゞ》腹《はら》のために日夜《にちや》働《はたら》いて居《い》るのに、腹《はら》わ我等《われら》の仕送《しおく》る食物《しよくもつ》を食《く》い、我等《われら》の勞働《ろうどう》のお蔭《かげ》で、樂《らく》々と懶《なま》けて暮《くら》して居《い》る。此《こ》の上《うえ》わ一同《いちどう》仕事《しごと》を休《やす》んで、腹《はら》が如何《どう》するか見《み》て居《い》ようと云《い》うので、其《そ》の日《ひ》から、手《て》わ如何《いか》に腹《はら》が飢《う》えても、決《けつ》して指《ゆび》一《ひと》つ動《うご》かすことでわないと云《い》う誓《ちかい》を立《た》て、口《くち》わ、腹《はら》が活《い》きて居《い》るあいだわ、麺麥《パン》の碎《か》片《け》一《ひと》つ食《く》うまいと云《い》う約《やく》束《そく》、齒《は》わ又《また》齒《は》で、少《すこ》しでも物《もの》を噛《か》んだなら、打《うち》碎《くだ》かれても異《い》存《ぞん》わないと云《い》うので、名《めい》々《〱》堅《かた》く規《き》約《やく》を守《まも》つて居《い》ますと、間《ま》もなく瘠《や》せて骨《ほね》と皮《かわ》ばかりになり、迚《とて》も我《が》慢《まん》が爲《し》切《き》れなくなつて來《き》ました。そこで漸《やツ》と氣《き》がつき、是《これ》迄《まで》働《はたら》いて居《い》たのわ、腹《はら》のためばかりでわなく、名《めい》々《〱》互《たがい》に助《たす》け合《あ》うのであると云《い》う事《こと》を覺《さと》つたと云《い》います。

訓《くん》言《げん》　人《ひと》わ己《おの》れ一《ひと》人《り》の爲《ため》に産《うま》れたるにあらず。

解説《かいせつ》

此《こ》の話《はなし》わ、昔《むかし》羅馬《ろーま》共和國《きようわこく》の騒擾《そうじよう》に際《さい》し、危険《きけん》を救《すく》う手段《しゆだん》に用《もち》いられたので、何人《なんぴと》にも知《し》られて居《い》ます。當時《とうじ》羅馬《ろーま》わ屢《しばく》戰争《せんそう》を起《おこ》し、人民《じんみん》から重《おも》い税《ぜい》を取《とり》立《た》てたものですから、人民《じんみん》わ皆《み》な激昂《げきこう》して都府《とふ》を去《さ》り、モンスセーサーに陣取《じんど》つて、若《も》し政府《せいふ》が廢税《はいぜい》を拒《こば》むなら、國《くに》を退去《たいきよ》しようといつて脅《おど》かしたのです。其《そ》の時《とき》羅馬《ろーま》の大將《たいしよう》兼議政官《けんぎせいかん》メネニアス、アグリツパが議官《ぎかん》の要求《ようきう》により、自《みずか》ら國民《こくみん》を宥《なだ》めようとして此《こ》の寓話《ぐうわ》を述《の》べ、利害《りがい》を説《と》いて聞《きか》せたのです。

つまり社會《しやかい》の四肢《しゝ》が、必要《ひつよう》な補助《ほじよ》を政府《せいふ》に與《あた》えなければ、國《くに》わ滅《ほろ》びると云《い》う意《い》味《み》なのですが、國《くに》に限《かぎ》らず、總《すべ》て社《しゃ》會《かい》のことわ其《その》通《とう》りで、相《あい》依《よ》り相《あい》助《たす》けてこそお互《たがい》に幸《こう》福《ふく》を得《え》られるのですが、中《なか》にわ間《ま》違《ちが》つて、何《なに》か他《ひと》のために働《はたら》いて居《い》るように考《かんが》え、つまらぬ不《ふ》平《へい》を起《おこ》す愚《おろ》かな人《ひと》もあります。貴《き》賤《せん》、貧《ひん》富《ぷ》、強《きょう》弱《じゃく》、老《ろう》幼《よう》、相《そう》互《ご》に助《たす》けつ助《たす》けられつして、初《はじ》めて社《しゃ》會《かい》の安《あん》寧《ねい》も保《たも》たれ、發《はっ》達《たつ》も遂《と》げられるので、一《いっ》致《ち》團《だん》結《けつ》と云《い》う事《こと》の必《ひつ》要《よう》わ、何《なん》人《びと》も拒《こば》むことわ出《で》來《き》ません。人《ひと》わ誰《たれ》でも自《じ》分《ぶん》の力《ちから》ばかりでわ、自《じ》身《しん》の安《あん》全《ぜん》を守《まも》る譯《わけ》にわ行《い》かないのです。

上篇　終

例《れい》言《げん》

本《ほん》書《しよ》題《だい》してイソップ物《もの》語《がたり》といふ。これ古《いにしへ》より我《わが》邦《はう》に於《おい》て先《せん》輩《ぱい》の使《し》用《よう》し来《きた》れる語《ご》なれども、物《もの》語《がたり》とは英《えい》語《ご》のストーリー、テール、フィクションもしくはナレーチーブ等《ら》の語《ご》と等《ひと》しく、廣《ひろ》き意《い》義《ぎ》の語《ご》にして、羅《ラ》甸《テン》語《ご》のファビユラ、英《えい》語《ご》のフェーブルの語《ご》に該《がい》當《たう》するものに非《あら》ず。語《ご》源《げん》より論《ろん》ずれば、羅《ラ》甸《テン》語《ご》のファビユラもフォル即《すなは》ち「はなし」といへる語《ご》よりいでたる者《もの》なれども、現《げん》在《ざい》の慣《くわん》用《よう》に従《したが》へば、フェーブルとは一《いつ》般《ぱん》の物《もの》語《がたり》とは異《ことな》り、神《しん》話《わ》、譬《ひ》喩《ゆ》譚《だん》、寓《ぐう》言《げん》等《ら》と共《とも》に、それぞれ一種《いっしゅ》異《ことな》りたる性質《せいしつ》の文學《ぶんがく》を指示《しじ》す。之《これ》を我邦《わがはう》に於《お》ける此《この》種《しゅ》の文《ぶん》學《がく》の名稱《めいしよう》と比較《ひかく》するに、假作譚《かさくだん》には相違《さうゐ》なきも、此名稱《このめいしよう》は猶《な》ほあまりに廣《ひろ》きに過《す》ぐる嫌《きらひ》あり。道話《だうわ》には相違《さうゐ》なきも、此《こ》の名稱《めいしよう》はあまりに鳥獣等《てうじうら》を主《しゅ》とする説話《せつわ》には適《てき》せざるが如《ごと》し。御伽譚《おとぎばなし》にもあらず、童話《どうわ》にもあらずとすれば、今《いま》は暫《しばら》く物語《ものがたり》の概括的言語《がいくわつてきげんご》を以《もつ》て譯出《やくしゅつ》し置《お》きて、茲《こゝ》に英語《えいご》に所謂《いはゆる》フェーブルの原義《げんぎ》を明《あきら》かにするより外《ほか》なきなり。

然《しか》らばフェーブルとは如何《いか》なるものぞ。ドクトル・ジョンソン曰《いは》く、

フェーブルとは一種《いっしゅ》の物語《ものがたり》にして、此上《このうへ》にては、

例言

理《り》性《せい》を備《そな》へたる生《せい》物《ぶつ》もしくは生《せい》命《めい》を有《いう》せる物《ぶつ》體《たい》が、道《だう》徳《とく》上《じやう》の教《けう》訓《くん》を與《あた》ふる目《もく》的《てき》の爲《ため》に、特《とく》に人《じん》的《てき》分《ふん》別《べつ》と感《かん》情《じやう》とを有《いう》するが如《ごと》く扮《ふん》し、恰《あたか》も人《ひと》の如《ごと》く動《どう》作《さ》しもしくは談《だん》話《わ》するものなり。

即《すなは》ち此《この》意《い》義《ぎ》に從《したが》へば、フェーブルには二《ふた》個《つ》の要《えう》素《そ》あり。一《いつ》は生《せい》物《ぶつ》もしくは無《む》生《せい》物《ぶつ》が人《ひと》に扮《ふん》する事《こと》と、他《た》は教《けう》訓《くん》を與《あた》ふる事《こと》とこれなり。而《さう》してこれ一《いつ》般《ぱん》の物《もの》語《がたり》と全《まつた》く一《いつ》致《ち》せざる所《ゆ》以《ゑん》なり。

最《さい》近《きん》の學《がく》説《せつ》に從《したが》へば、フェーブルが世《せ》界《かい》の文《ぶん》學《がく》史《し》上《じやう》に現《あら》はれたるは、ヒンドスタン地《ち》方《はう》にして、これより分《ぶん》派《ぱ》して一《いつ》方《ぱう》は希《ギ》臘《リシヤ》のイソップ物《もの》語《がたり》となり、一《いつ》方《ばう》はヴィシュヌ・サルマンのパンチャタントラとなり、一《いつ》方《ぱう》は轉《てん》じて歐《おう》米《べい》諸《しよ》國《こく》に傳《つた》はり、一《いつ》方《ぱう》は波《ペル》斯《シヤ》・西《チベ》藏《ツト》・支《シ》那《ナ》等《ら》に入《い》りたるなりといふ。而《さう》して此《この》兩《りやう》者《しや》共《とも》に、種《しゆ》々《ぐ》酷《こく》似《じ》せる點《てん》あるは、第《だい》一《いち》其《その》起《き》源《げん》の一《いつ》なりし事《こと》と、第《だい》二《に》分《ぶん》離《り》して後《のち》口《く》傳《でん》せらるゝ間《あひだ》に、相《さう》互《ご》自《し》然《ぜん》に貸《たい》借《しやく》ありし事《こと》と、第《だい》三《さん》後《こう》人《じん》が新《しん》説《せつ》話《わ》を得《う》るごとに、之《これ》を此《この》名《めい》著《ちよ》に補《ほ》綴《てい》し行《ゆ》きし事《こと》に歸《き》せざるを得《え》ず。我《われ》等《ら》が今《こん》日《にち》明《めい》治《ぢ》の聖《せい》代《だい》に生《うま》れて、此《この》東《とう》西《ざい》隔《かく》離《り》せる二《ふた》個《つ》のフェーブル系《けい》統《とう》を、同《どう》時《じ》に研《けん》究《きう》するを得《う》るは、讀《どく》者《しや》諸《しよ》子《し》と共《とも》に我《われ》等《ら》の光《くわう》榮《えい》として欣《きん》賀《が》の至《いた》りに堪《た》へざる所《ところ》なり。

レッシングに從《したが》へば、フェーブルの理《り》想《さう》はイソップにあり。イソップ以後《いご》フェドルスよりラ・フォンテンに至《いた》るまで、此種《このしゆ》の作家《さくか》尠《すくな》からずといへども、其《その》自然的《しぜんてき》なる、其簡單《そのかんたん》なる、其透明《そのとうめい》なる諸點《しよてん》に於《おい》て、古《こ》往今來《わうこんらい》、遂《つひ》にイソップに比敵《ひてき》するものなし。其作《そのさく》は決《けつ》して美文《びぶん》にあらず、然《しか》れども世才《せさい》と分別《ふんべつ》とを、最《もつと》も明確《めいかく》に指示《しゞ》して痛快《つうくわい》なるものは、恐《おそ》らくは此書《このしよ》の右《みぎ》に出《い》づるものあらざるべし。もしそれ一讀《いちどく》して直《たゞ》ちに其教訓《そのけうくん》に服《ふく》し、幾千萬《いくせんまん》の人《ひと》、之《これ》を聞《き》いて直《たゞ》ちに其言《そのげん》を納得《なつとく》するの魔力《まりよく》に至《いた》りては、幾萬《いくまん》の倫理學者《りんりがくしや》ありとも、遂《つひ》にイソップに及《およ》ぶものなかるべし。アリストートルが詩學的《しがくてき》にイソップを研究《けんきう》せずして、修辭學的《しうじがくてき》に之《これ》を研《けん》究《きう》したりといふ、決《けつ》して偶《ぐう》然《ぜん》の事《こと》にはあらず。

　レッシングは又《また》フェーブルが何《なに》故《ゆゑ》に鳥《てう》獸《じう》等《ら》を物《もの》語《がたり》の役《やく》者《しや》となせしかに就《つ》きて説《せつ》明《めい》して曰《いわ》く、鳥《てう》獸《じう》の特《とく》性《せい》は人《ひと》の遍《あまね》く熟《じゆく》知《ち》する所《ところ》なり。ブリタニクスを主《しゆ》題《だい》とするも、ネローを主《しゆ》題《だい》とするも、羅《ロー》馬《マ》史《し》の智《ち》識《しき》を有《いう》せざるものには、何《なん》の興《きよう》味《み》もなかるべし。之《これ》に反《はん》して、狼《おほかみ》なり羊《ひつじ》なり猫《ねこ》なり狐《きつね》なり、これらは何《なん》人《びと》も理《り》會《くわい》せざるはなく、且《か》つ人《ひと》にはそれ〴〵愛《あい》憎《ぞう》ありて、この愛《あい》憎《ぞう》は多《おほ》く道《だう》徳《とく》的《てき》判《はん》斷《だん》を誤《あやま》らしむれども、鳥《てう》獸《じう》等《ら》の上《うへ》には此《この》憂《うれ》ひ殆《ほとん》どなし。これフェーブルのフェーブルとして、文《ぶん》壇《だん》に珍《ちん》重《ちよう》せらるゝ所《ゆ》以《ゑん》なりと。

以《い》上《じやう》、フェーブルの語《ご》源《げん》及《およ》び定《てい》義《ぎ》、フェーブルの出《しゆつ》生《せい》地《ち》傳《でん》派《ぱ》及《およ》び系《けい》統《とう》、イソップの特《とく》長《ちよう》、其《その》物《もの》語《がたり》の價《か》値《ち》等《とう》に就《つい》ては、略《ほゞ》其《その》要《えう》を述《の》べたれば、今《いま》は茲《こゝ》に此《この》書《しよ》を飜《ほん》刻《こく》する上《うへ》に就《つい》て、二《に》三《さん》の點《てん》を特《とく》書《しよ》し置《お》かんとす。

第《だい》一《ゝち》予《よ》は此《この》書《しよ》に新《しん》假《か》名《な》遣《づかひ》を應《おう》用《よう》したり。未《み》來《らい》の普《ふ》通《つう》教《けう》育《いく》に、か丶る發《はつ》音《おん》的《てき》假《か》名《な》遣《つかひ》を基《き》礎《そ》とすべきは、予《よ》の確《かく》信《しん》する所《ところ》なればなり。新《しん》舊《きう》假《か》名《な》遣《づかひ》過《か》渡《と》の際《さい》、印《いん》刷《さつ》者《しや》校《かう》正《せい》者《しや》共《とも》に熟《じゆく》練《れん》せざる所《ところ》あるべければ、幾《いく》多《た》不《ふ》調《てう》和《わ》の點《てん》あるべきは、豫《あらかじ》め讀《どく》者《しや》諸《しよ》君《くん》の諒《りやう》とせられん事《こと》を望《のぞ》む。

第《だい》二《に》附《ふ》録《ろく》にパンチャタントラ物《もの》語《がたり》の二三を掲《かゝ》げた

り。其中《そのうち》には歐洲《おうしう》にて補綴《ほてい》せられしものもあり。これらは皆《みな》予《よ》が舊稿《きうかう》にして甚《はなは》だ粗末《そまつ》の物《もの》なれども、フェーブル研究者《けんきうしや》の興味《きようみ》を惹起《じやくき》せんが爲《ため》に、イソップ物語《ものがたり》出版《しゆつぱん》の好機《かうき》を利《り》して茲《こゝ》に附加《ふか》する事《こと》とはなしぬ。

第三本書《だいさんほんしよ》の出版《しゆつぱん》に就《つい》ては、菅野綠蔭《すがのりよくいん》・德田秋聲兩《とくだしうせいりやう》君《くん》の熱心懇篤《ねつしんこんとく》なる補助《ほじよ》を蒙《かうむ》れり。新定假名遣《しんていかなづかひ》の校正《かうせい》は、全部比佐祐次郎君《ぜんぶひさいうじらうくん》の非常《ひじやう》なる盡力《じんりよく》を煩《わづら》はせり。予《よ》は今茲《いまこゝ》に本書《ほんしよ》の成《な》るに際《さい》して、殊《こと》に厚《あつ》く前記諸君《ぜんきしよくん》の勞《らう》を謝《しや》す。

明治四十年十一月

上田萬年《うえだかずとし》識《しるす》

イソップ小傳《せうでん》

伊蘇普《イソツプ》物語《ものがたり》は果《はた》してイソップの手《て》に成《な》りしものなりや否《いな》やに就《つ》きて疑《うたがひ》を抱《いだ》くものあり。然《しか》れどもイソップの名《な》は寓話家《ぐうわか》として既《すで》に遠《とほ》き古代《こだい》より知《し》れ渡《わた》り、其物語《そのものがたり》はアリストファネス、デモスゼニス、アリストートル、リヴィ、ホレース等《ら》、其他《そのた》希臘羅馬《ギリシヤローマ》に於《お》ける詩人《しじん》、歴史家《れきしか》、哲學者《てつがくしや》の著作《ちよさく》に引用《いんよう》せられ、又其物語《またそのものがたり》の材料《ざいれう》は何所《どこ》より得來《えきた》りしにせよ、其話説《そのせつわ》の體裁《ていさい》及《およ》び寓意《ぐうい》には、明《あきら》かに一貫《いつかん》せる特色《とくしよく》を帯《お》ぶるを以《もつ》て、古來《こらい》より傳《つた》はりたる著者《ちよしや》の名《な》を抹殺《まつさつ》する理由《りいう》なしと信《しん》ず。

然《しか》れどもイソップの經歴《けいれき》を正確《せいかく》に知《し》るの材料《ざいれう》は甚《はなは》だ乏《とぼ》し。第《だい》十四世紀《じふしせいき》に於《おい》て、コンスタンチノープルの僧《そう》、マキシマス・プラヌデスと云《い》へる者《もの》の筆《ふで》に成《な》りしイソップ傳《でん》は、一時《いちじ》汎《あま》ねく世《よ》に行《おこな》はれたるも、荒唐無稽《くわうたうむけい》の記事《きじ》多《おほ》くして事實《じじつ》に近《ちか》きものとして信《しん》ずべきにあらず。左《さ》に記《しる》するは、第十六世紀《だいじふろくせいき》初《はじ》めの佛蘭西《フランス》の學者《がくしや》、バシエ・ド・メセリアの記録《きろく》に基《もとづ》けるものなり。

イソップが賤《いや》しき奴隷《どれい》の境遇《きやうぐう》に生《うま》れたることは諸家《しよか》の皆《みな》一致《いつち》する所《ところ》なり。然《しか》れども其《その》出生《しゆつせい》の地《ち》は明《あきら》かならず。或《あるひ》はフリジアの一市《いちし》コチオンに生《うま》れたりと云《い》ひ、或《あるひ》はメセムブリアのスラシアン市《し》に生《うま》れたりとも云《い》ふ。彼《かれ》は二人《ふたり》の主人《しゆじん》を有《いう》し、一《いつ》をザンサスと云《い》ひ、他《た》をジャドモンと稱《しよう》し、共《とも》にサモス島《たう》の住民《じうみん》なりしが、イソップはジャドモンの下《もと》にありて使役《しえき》せられし時《とき》、自由民《じいうみん》の特權《とくけん》を許《ゆる》され、其學識《そのがくしき》、才能《さいのう》、機智《きち》に依《よ》りて、王者《わうじや》の知遇《ちぐう》を得《え》、又學者等《またがくしやら》とも交際《かうさい》したり。オリムピヤ第五十二期《だいごじふにき》、即紀元前五百《すなはちきげんぜんごひやく》七十年《しちじふねん》の頃《ころ》、リディアのクレサス王其人物《わうそのじんぶつ》を愛《あい》し、特《とく》に彼《かれ》を招《まね》きて居《きよ》をサアヂスに移《うつ》さしめたり。リディアは當時《たうじ》最《もつと》も文化《ぶんくわ》の進歩《しんぽ》したる國《くに》にして、其君主《そのくんしゆ》クレサス王又頗《わうまたすこぶ》る學術技藝《がくじゆつぎげい》を好《この》みしが、王《わう》はイソップを信任《しんにん》して、專《もつぱ》ら希臘《ギリシヤ》諸邦《しよはう》との外交《ぐわいかう》に當《あた》らしめたるを以《もつ》て、イソップは廣《ひろ》く當時《たうじ》の學者等《がくしやら》と相往來《あひわうらい》するの機會《きくわい》を得《え》たり。希臘《ギリシヤ》の學《がく》者等《しやら》はクレサス王《わう》の名聲《めいせい》を慕《した》ひ、且《か》つ其學藝《そのがくげい》を保護《ほご》するの厚《あつ》きを悦《よろこ》び、其朝廷《そのてうてい》に來集《らいしう》するもの多《おほ》かりしが、其中《そのなか》にソロンと云《い》へる希臘七賢人《ギリシヤしちけんじん》の一人《ひとり》として世《よ》に知《し》られたる人《ひと》ありき。英雄傳《えいゆうでん》の著者《ちよしや》プルタークはクレサス王《わう》が賢人《けんじん》ソロンと會見《くわいけん》せる當時《たうじ》の模様《もやう》を記《しる》して左《さ》の如《ごと》く云《い》へり。

クレサス王《わう》は其壯麗《そのさうれい》なる宮殿《きうでん》と、其廣大《そのくわうだい》なる領土《りやうど》より蒐集《しうく》したる財寶《ざいはう》とを示《しめ》し、さてソロンに向《むかひ》て「卿《きやう》の知《し》れる天下最大幸福者《てんかさいだいかうふくもの》の名《な》を擧《あ》げよ」と云《い》ひ給《たま》ひしに、ソロンの答《こた》ふる所《ところ》は頗《すこぶ》る奇異《きい》なりき。彼《かれ》は曰《いは》く「アゼンスにテラスと云《い》へるものあり。彼《かれ》は甚《はなは》だ貧窮《ひんきう》なりしも善《よ》く其子《そのこ》を教育《けういく》し、又終《またつひ》に國家《こくか》の爲《た》めに戰死《せんし》せり。之《こ》れ余《よ》の知《し》る最《さい》大《だい》の幸《かう》福《ふく》者《もの》なり」と。王《わう》は更《さら》に其《その》次《つ》ぎの幸《かう》福《ふく》者《もの》は誰《たれ》ぞと問《と》ふ。ソロン答《こた》へけるは「アルゴスのジュノー神《しん》の祭《さい》司《し》に二《ふた》人《り》の子《こ》あり、クレオビス及《およ》びバイトンと云《い》ふ。彼《かれ》等《ら》は其《その》母《はゝ》を車《くるま》に乗《の》せ自《みづか》ら之《これ》を神《しん》殿《でん》に曳《ひ》き行《ゆ》きしかば、母《はゝ》は其《その》子《こ》等《ら》の孝《かう》心《しん》をめでゝ、ジュノー神《しん》に禱《いの》りて報《はう》賞《しやう》を給《たま》はらんことを請《こ》ひ求《もと》めしに、翌《よく》朝《てう》になりて人《ひと》々《ぐ》は二《ふた》人《り》の子《こ》等《ら》が神《しん》殿《でん》の内《うち》に死《し》せるを發《はつ》見《けん》せり。彼《かれ》等《ら》は余《よ》の知《し》る第《だい》二《に》の幸《かう》福《ふく》者《もの》なり」と。此《この》時《とき》イソップ傍《そば》にあり、クレサス王《わう》がソロンの答《こたへ》を悦《よろこ》ばざるを知《し》り、「乞《こ》ふ臣《しん》の説《せつ》を以《もつ》て陛《へい》下《か》に答《こた》ふるを許《ゆる》されよ。リディアの君《くん》主《しゆ》クレサス王《わう》こそ天《てん》下《か》最《さい》大《だい》の幸《かう》福《ふく》者《もの》なれ。世《せ》人《じん》の幸《かう》福《ふく》は小川《こがは》の如《ごと》く細《ほそ》く流《なが》れ、我國《わがくに》の幸福《かうふく》は大海《たいかい》の如《ごと》くに漲《みな》ぎる。」と云《い》ひしかば、王《わう》は之《これ》を聞《き》いて大《おほ》に悦《よろこ》び、「フリジア人《じん》の言《げん》は美《うつく》しくも的中《てきちう》せるもの哉《かな》。」と云《い》ひ給《たま》へり。爾來《じらい》その言《げん》は人《ひと》の心《こゝろ》を穿《うが》ち得《え》たるの意義《いぎ》を表《へう》する諺《ことわざ》とはなれり。

賤《いや》しき奴隷《どれい》の境遇《きやうぐう》より身《み》を起《おこ》して、王者《わうじや》の殊寵《しゆちよう》を受《う》くるに至《いた》りしイソップは、君主《くんしゆ》の意《い》を迎《むか》へ、其前《そのまへ》に膝《ひざ》を屈《くつ》するに慣《な》れたること、素《もと》より怪《あや》しむべきにあらず、然《しか》れども彼《かれ》は單《たん》に阿諛《あゆ》を能事《のうじ》とする幇間《ほうかん》者《しや》流《りう》にあらざりしなり。博《はく》學《がく》多《た》才《さい》にして世態《せたい》人情《にんじやう》に通《つう》じたる彼《かれ》が無限《むげん》の諧謔《かいぎやく》と、自《じ》在《ざい》の想像《さうぐ》と、嶄新《ざんしん》なる比喩《ひゆ》とを以《もつ》て、口《くち》に苦《にが》き良藥《りやうやく》を甘《かん》にし、耳《みゝ》に逆《さから》ふ諫言《かんげん》を順《じゆん》にし、深慮《しんりよ》ある忠言《ちうげん》、賢明《けんめい》なる献策《けんさく》を以《もつ》て君主《くんしゆ》に仕《つか》えたり。

　若干《じやくかん》の銀貨《ぎんくわ》をデルヒ市《し》に贈與《ぞうよ》せんとせし時《とき》、市民《しみん》との交渉《かうせふ》が端《はし》なく意見《いけん》の衝突《しようとつ》を來《き》たして互《たがひ》に憤激《ふんげき》し、遂《つい》に彼《かれ》は其《その》貨財《くわざい》を市民《しみん》に分配《ぶんぱい》せずして立去《たちさ》らんとせり。市民等《しみんら》大《おほい》に之《これ》を怨《うら》み、出立《しゆつたつ》に際《さい》して、窃《ひそ》かに神殿《しんでん》の寶物《はうもつ》なる貴《き》重《ちよう》の金杯《きんぱい》を其《その》從者《じうしや》の行李《かうり》中《ちう》に隠《かく》し入《い》れ、イソップを止《とゞ》めて其《その》罪《つみ》を糺《たゞ》さんとせり。彼《かれ》は得意《とくい》の巧妙《かうめう》なる寓話《ぐうわ》を以《もつ》て市民《しみん》の怒《いかり》を宥《なだ》めんとしたれども、猛《たけ》り狂《くる》ふ彼等《かれら》は道理《だうり》に聴《き》くの耳《みゝ》を有《いう》せず、遂《つひ》にイソップを斷崖《だんがい》より倒《さかさ》まに突《つ》き落《おと》して無殘《むざん》なる最期《さいご》を遂《と》げしめたり。

然《しか》れどもイソップを殺害《さつがい》したる罪惡《ざいあく》は、恐《おそ》ろしき復讐《ふくしう》となりてデルヒ人《じん》に報《むく》ひられたり。市民《しみん》は已《や》むなくイソップの其君主《そのくんしゆ》を利《り》し國家《こくか》を益《えき》したることは、乾燥《かんさう》なる談理《だんり》、偏狹《へんけふ》なる苦言《くげん》を爲《な》す人々《ひとぐ》に勝《まさ》る事幾倍《ことくばい》なるや知《し》るべからず。實《じつ》に彼《かれ》がクレサス王《わう》に重用《ぢうよう》せられて外交《ぐわいかう》の任《にん》に當《あた》るや、人《ひと》の肺腑《はいふ》を貫《つらぬ》く明識《めいしき》と、圓轉自在《ゑんてんじざい》なる機智《きち》を如何《いか》に花《はな》花《ばな》しく活用《くわつよう》せしかは想見《さうけん》するに餘《あま》りあり。嘗《かつ》てアゼンスに於《おい》て一場《いちば》の寓話《ぐうわ》を以《もつ》て、其治者《そのちしや》と其市民《そのしみん》を調和《てうわ》せしめたることあり。又《また》コリンスに於《おい》て、簇《むらが》り來《く》る暴徒《ばうと》を一言《いちごん》の下《もと》に解散《かいさん》せしめたりとも傳《つた》へらる。而《しか》して彼《かれ》が不幸《ふかう》なる死《し》運《うん》に際會《さいくわい》せしも、亦政治上《またせいぢじやう》の使命《しめい》を果《はた》さんとしてなりき。

即《すなは》ち彼《かれ》はクレサス王《わう》の重《ぢう》大《だい》なる使《し》命《めい》を帶《お》びてデルヒ市《し》に派《は》遣《けん》せられ、アポロの神《しん》殿《でん》に貴《き》重《ちよう》なる寶《はう》物《もつ》を捧《さゝ》げ、且《か》つ同《どう》市《し》の人《じん》民《みん》等《ら》に舊《きう》主《しゆ》人《じん》たるジャドモンの孫《まご》に償《しやう》金《きん》を拂《はら》ひて、纔《わづ》かに其《その》罪《つみ》を免《まぬが》れたり。此《この》時《とき》デルヒ人《じん》の受《う》けたる復《ふく》讐《しう》は頗《すこぶ》る激《げき》烈《れつ》なるものにして、「イソップの血《ち》」なる語《ご》は、殺《さつ》人《じん》者《しや》は必《かなら》ず其《その》罪《つみ》を受《う》くとの意《い》義《ぎ》を有《いう》する諺《ことわざ》となれり。

イソップの死《し》後《ご》凡《およ》そ二《に》百《ひやく》年《ねん》、アゼンスの市《し》民《みん》は彼《かれ》の人《じん》物《ぶつ》を欽《きん》慕《ぼ》し、其《その》物《もの》語《がたり》の偉《ゐ》大《だい》なる功《く》德《どく》を表《へう》彰《しやう》する爲《た》め、有《いう》名《めい》なる彫《てう》刻《こく》家《か》リシッパスをして其《その》肖《せう》像《ざう》を作《つく》らしめ、之《これ》を公《こう》會《くわい》堂《だう》中《ちう》に建《けん》設《せつ》したりと云《い》ふ。希《ギ》臘《リシヤ》の古《こ》代《だい》より今《こん》日《にち》に至《いた》るまで、國《くに》の東《とう》西《ざい》を問《と》はず、世《せ》界《かい》の最《さい》大《だい》恩《おん》人《じん》の一《ひと》人《り》たる此《この》偉《ゐ》傑《けつ》の經《けい》歴《れき》に關《くわん》し、信《しん》頼《らい》し得《う》べきものは僅《わづ》かに右《みぎ》の事《じ》實《じつ》に過《す》ぎず。

本《ほん》書《しよ》に收《をさ》むるところの物《もの》語《がたり》の外《ほか》に、イソップの訓《くん》言《げん》として世《よ》に傳《つた》へらるゝものあり、左《さ》に之《これ》を附《ふ》記《き》すべし。

我《わが》子《こ》よ、恭《うやく》しく虔《つゝし》みて、誠《せい》心《しん》誠《せい》意《い》、神《かみ》を拜《はい》すべし。

神《かみ》の名《な》と力《ちから》とは婦《ふ》女《ぢよ》子《し》を嚇《おど》かすの虚《きよ》構《こう》なりと思《おも》ふ勿《なか》れ、神《かみ》は遍《へん》在《ざい》にして全《ぜん》能《のう》、眞《しん》理《り》なり、實《じつ》在《ざい》なり。

汝《なんぢ》の秘《かく》れたる行《おこな》ひと思《おも》ひとを愼《つゝし》むべし。神《かみ》は秘《か》くれたるを見《み》給《たま》ふ、又《また》汝《なんぢ》は己《おの》が良《りやう》心《しん》を欺《あざむ》く事《こと》能《あた》はず。

汝《なんじ》の子《こ》等《ら》より尊《そん》敬《けい》されんことを欲《ほつ》する如《ごと》く、汝《なんじ》の父《ふ》母《ぼ》を尊《そん》敬《けい》すべし。孝《かう》道《だう》は天《てん》の命《いのち》なり、人《ひと》の道《みち》なり。

汝《なんじ》の力《ちから》の及《およ》ぶ限《かぎ》り何人《なんぴと》にも益《えき》をなせ。但《たゞ》し先《ま》づ近《ちか》きより遠《とほ》きに及《およ》ぼせ、又《また》益《えき》を與《あた》ふる事《こと》能《あた》はずとも害《がい》を加《くは》ふることと勿《なか》れ。

道理《だうり》に従《したが》ふものは平安《へいあん》なり。無分別《むふんべつ》なる感情《かんじやう》に支配《しはい》さるるものは危險《きけん》なり。

知《し》らぬ事《こと》のある間《あひだ》は學《まな》ぶことを怠《おこた》る勿《なか》れ。忠言《ちうげん》は黄《わう》金《ごん》よりも貴《たつと》し。

畑《はたけ》を耕《たが》やす如《ごと》く汝《なんぢ》の心《こゝろ》を耕《たが》やせ。道理《だうり》の眼《まなこ》を明《めい》にすれば吾等《われら》は神《かみ》に近《ちか》づき、之《これ》を怠《おこた》れば吾等《われら》は禽獸《きんじう》に近《ちか》づく。

智識《ちしき》と德義《とくぎ》の外《ほか》には永久不滅《えいきうふめつ》の善《ぜん》なし。但《たゞ》し實行《じつかう》の伴《ともな》はざる智《ち》識《しき》は無《む》用《よう》のものなり。

澁《じふ》面《めん》を作《つく》らざれば賢《けん》人《じん》たる能《あた》はずと思《おも》ふ勿《なか》れ。智《ち》恵《ゑ》は人《ひと》を端《たん》正《せい》ならしむるも、陰《いん》鬱《うつ》ならしめず。

不《ふ》徳《とく》を行《おこな》はざるは一《いつ》の徳《とく》義《ぎ》なり。

何《なん》人《びと》に對《たい》しても信《しん》實《じつ》なれ、虚《きよ》言《げん》を吐《は》くこと勿《なか》れ。誇《こ》言《げん》者《しや》は正《しやう》直《ぢき》を缺《か》く、眞《しん》實《じつ》を缺《か》く。

善《ぜん》人《にん》と交《まじは》れば善《ぜん》人《にん》となる。

「惡《あく》の中《なか》にも幾《いく》分《ぶん》の善《ぜん》あり」と云《い》ふ陷《おちい》り易《やす》き誤《ご》謬《びう》に陷《おちい》る勿《なか》れ。又《また》「詐《さ》僞《ぎ》は利《り》益《えき》を産《う》み、正《しやう》直《ぢき》は餓《が》死《し》を招《まね》く」と云《い》ふは誤《あやま》りなり。

益《えき》と利《り》とは必《かなら》ず徳《とく》義《ぎ》と誠《せい》實《じつ》とに伴《ともな》ふ。

各自《かくじ》の業務《げふむ》に注意《ちうい》すべし。人《ひと》の悪口《あくこう》を云《い》ふ勿《なか》れ。悪口《あくこう》を云《い》はざると共《とも》に、悪口《あくこう》に耳《みゝ》を傾《かたむ》くる勿《なか》れ。蓋《けだ》し之《これ》を云《い》ふものは之《これ》を聴《き》くことを好《この》めばなり。

正《たゞ》しき事《こと》を企《くはだ》て、正《たゞ》しき忠告《ちうこく》に従《したが》ふべし、而《しか》して其《その》成否《せいひ》は神《かみ》に委《まか》すべし。

不幸《ふかう》の時《とき》にも失望《しつばう》する勿《なか》れ。繁榮《はんえい》の時《とき》にも傲《おご》る勿《なか》れ。蓋《けだ》し轉變《てんぺん》は世《よ》の常《つね》なればなり。

早起《はやおき》して働《はたら》き、善事《ぜんじ》を學《まな》び、善人《ぜんにん》を助《たす》くべし。此《この》三事《さんじ》は行《おこな》つて悔《く》ゆるの恐《おそ》れなし。

奢侈《しやし》と大食《たいしよく》と、殊《こと》に飲酒《いんしゆ》とを愼《つゝ》しめ。蓋《けだ》し酒《さけ》は、歳《とし》と同《おな》じく、大人《おとな》を小兒《せうに》と爲《な》せばなり。事《こと》を爲《な》すには時機《じき》に注意《ちうい》すべし。何事《なにごと》も好機會《かうきくわい》を得《え》ざれば成就《じやうじゆ》し難《がた》し。

訓《くん》言《げん》索《さく》引《いん》（いろは順《じゅん》）

○二《に》心《しん》ある者《もの》わ朋《ほう》友《ゆう》を得《う》ること能《あた》わず。……（下篇114頁）森《もり》の神《かみ》と旅人《たびゞと》

○朋《ほう》友《ゆう》わ其《そ》れ相《そう》應《おう》に用《もち》いよ。……（下篇41頁）狐《きつね》と山羊《やぎ》

○忘《ばう》恩《おん》わ賤《いやし》むべき不《ふ》徳《とく》なり。……（上篇113頁）山羊《やぎ》と葡萄《ぶどう》

○法《ほう》官《かん》わ私《し》利《り》を計《はか》るべからず。……（上篇181頁）犬《いぬ》と羊《ひつじ》

○妄《もう》言《げん》に惑《まど》わさるゝな。……（上篇98頁）賣卜者《うらないしや》

○眞《ほん》物《もの》が出《で》て、贋《にせ》物《もの》が引《ひっ》込《こ》む。……（下篇208頁）大言《たいげん》を吐《は》く騾馬《らば》

○達《とゞ》かぬ望《のぞ》みわ起《おこ》すな。……（下篇179頁）狐《きつね》と葡萄《ぶどう》

○鳥《とり》を取《と》る手《しゆ》段《だん》で魚《うお》わ取《と》れず。……（下篇104頁）獵師《りようし》と笛《ふえ》

○小《ちい》さき者《もの》も大《おう》いなる者《もの》を助《たす》ける。……（上篇96頁）獅子《しゝ》と鼠《ねずみ》

○力《ちから》に及《およ》ばぬ事《こと》も智《ち》慧《え》あれば成《な》し遂《と》げ得《う》べし。……（上篇166頁）鴉《からす》と水瓶《みずがめ》

○我身《わがみ》で我身《わがみ》を害《そこな》うな。……（下篇203頁）木《き》と樵夫《きこり》

○禍《わざわい》を醸《かも》すものわ禍《わざわい》を得《う》べし。……（上篇179頁）狐《きつね》と狼《おうかみ》

○外貌《がいぼう》わ僞《いつわり》多《おう》し。……（上篇183頁）孔雀《くじゃく》と鶴《つる》

○害心《がいしん》ありと知《し》らば避《さ》けよ。……（下篇78頁）狐《きつね》と茨《いばら》

○勝《か》つにわ屈《くつ》せよ。……（上篇141頁）樫《かし》と蘆《あし》

○借《か》りる者《もの》わ常《つね》に失望《しつぼう》す。……（上篇121頁）猿《さる》と狐《きつね》

○輕《かろ》々《ぐ》しく友《とも》を撰《えら》べば悔《く》ゆることあり。……（上篇171頁）山豕《やまあらし》と蛇《へび》

○悲《かな》しみわ、自《みずか》ら招《まね》けるものと知《し》れば益《ますま》す悲《かな》し。……（下篇38頁）鷲《わし》と矢《や》

○影《かげ》を捉《とら》えて實物《じつぶつ》を失《うしな》うな。……（下篇127頁）犬《いぬ》と影《かげ》

○禍福《かふく》わ其《そ》の行《おこな》いに基《もとづ》く。……（下篇175頁）鷲《わし》と鴉《からす》

○家庭《かてい》に不親切《ふしんせつ》なる人《ひと》を友《とも》とし信《しん》ずるな。……（下篇169頁）鷓鴣《しゃこ》と軍鶏《しゃも》

○試《ため》さずして人《ひと》を信《しん》ずれば、死《し》に先《さきだ》つて悔《く》いあり。……（上篇77頁）鳶《とび》と鳩《はと》

○其《その》まゝに置《お》け。……（上篇174頁）寡婦《かふ》と牝鷄《めんどり》

○其事《そのこと》惡《あ》しくして熱心《ねつしん》なれば、益《ますま》す惡《あ》し。……（下篇34頁）迷信者《めいしんしゃ》と偶像《ぐうぞう》

○内容《ないよう》の美《び》をこそ眞《まこと》の美《び》とわいうべけれ。……（下篇32頁）豹《ひょう》と狐《きつね》

○狎《な》るれば侮《あなど》る。……（上篇116頁）狐《きつね》と獅子《しゝ》

○汝《なんじ》を欺《あざむ》いて、自《みずか》ら利《り》する者《もの》を信《しん》ずる勿《なか》れ。……（下篇29頁）獅子《しゝ》と牝牛《めうし》

○汝《なんじ》自身《じしん》を知《し》れ。……（下篇155頁）桃《もゝ》と林檎《りんご》と木苺《きいちご》

○汝《なんじ》自身《じしん》の事業《じぎょう》を心《こゝろ》せよ。……（上篇72頁）占星者《ほしうらない》と旅人《りょじん》

○樂《らく》あれば苦《く》あり。……（下篇110頁）漁師《りょうし》の失望《しつぼう》

○謀叛人《むほんにん》わ、其《そ》の爲《ため》に利《り》を得《え》た人《ひと》にも擯斥《ひんせき》される。……（上篇134頁）鳥《とり》と獸《けもの》と蝙蝠《こうもり》

○野鄙《やひ》なる者《もの》わ輕蔑《けいべつ》を以《も》つて遇《ぐう》するを賢《かしこ》しとす。……（上篇69頁）獅子《しゝ》と驢馬《ろば》

○病《や》んで思出《おもいだ》すほどの事《こと》を、健康《けんこう》の日《ひ》に守《まも》れ。……（下篇117頁）病氣《びようき》の鳶《とび》

○蒔《ま》いた物《もの》わ蒔《ま》いたもので返《かえ》る。……（上篇169頁）大《おう》きな約束《やくそく》

○全《まつた》く策《さく》なきわ素《もと》より危《あやう》し、併《しか》し餘《あま》りに策《さく》多《おう》きものも亦《また》危《あやう》し。……（上篇89頁）猫《ねこ》と狐《きつね》

○滿足《まんぞく》わ萬《よろず》の喜悦《よろこび》の源《みなもと》なり。……（下篇61頁）孔雀《くじやく》の不平《ふへい》

○經驗《けいけん》を得《う》るにわ價《あたい》を拂《はら》え。……（上篇122頁）犬《いぬ》と屠者《としや》

○經驗《けいけん》わ智《ち》識《しき》を授《さず》く。……（上篇91頁）猫《ねこ》と鼠《ねずみ》

○結合《けつごう》わ力《ちから》なり。……（上篇20頁）獅子《しゝ》一匹《いつぴき》と牛五匹《うしごひき》

○血統《けつとう》、資産《しさん》、年齢《ねんれい》の相當《そうとう》せぬ結婚《けつこん》わ不幸《ふこう》なり。……（上篇100頁）不運《ふうん》の結婚《けつこん》

○現在《げんざい》に優《まさ》る時《とき》わなし。……（下篇123頁）釣魚者《うおつり》と小魚《こうお》

○現状《げんじょう》に満足《まんぞく》せよ。……(上篇159頁) 狐《きつね》と兎《うさぎ》

○不等《ふとう》の友誼《ゆうぎ》わ永續《えいぞく》せず。……(下篇67頁) 燕《つばめ》と鶫《つぐみ》

○不相應《ふそうおう》なる名譽《めいよ》を望《のぞ》むなかれ。……(上篇190頁) 鴉《からす》と孔雀《くじゃく》

○復習《ふくしゅう》は樂《たの》し。……(下篇186頁) 飛魚《とびのうお》と海豚《いるか》

○復讐《ふくしゅう》わ甘《うま》し、されど其《そ》の結果《けっか》は苦《にが》し。……(下篇182頁) 馬《うま》と鹿《しか》

○不時《ふじ》の戀《こい》わ不幸《ふこう》の種《たね》。……(下篇230頁) 獅子《しゝ》の戀慕《れんぼ》

○不正《ふせい》な支配者《しはいしゃ》わ國《くに》を滅《ほろぼ》す。……(上篇103頁) 鵯《ひよどり》と捕鳥者《とりとり》

○悉《ことぐ》く取《と》ろうとすれば、悉《ことぐ》く取《とり》はずす。……(上篇162頁) 獅子《しゝ》と熊《くま》と狐《きつね》

○功勞《こうろう》を忘《わす》るゝな。……(下篇74頁) 老衰《ろうすい》した獵犬《りょうけん》

○甲《こう》わ罪《つみ》を犯《おか》し、乙《おつ》わ罪《つみ》を被《き》る。……(下篇125頁) 鵞鳥《がちょう》と鶴《つる》

○甲《こう》の滋養《じよう》わ乙《おつ》の毒《どく》となる。……(上篇24頁) 薊食《あざみく》いの驢馬《うさぎうま》

○高慢《こうまん》わ悍馬《かんば》の如《ごと》く、其《その》乗《のり》手《て》を跳《はね》落《おと》す。……（下篇213頁）二羽《には》の鬪鷄《けあいどり》

○高慢《こうまん》の後《あと》にわ恥《ち》辱《じよく》あり。……（上篇67頁）乗馬《じようば》と驢馬《ろば》

○幸福《こうふく》わ外《そと》にあらず心《こゝろ》に在《あ》り。……（上篇54頁）商人《しようにん》になつた牧羊者《ひつじかい》

○永續《えいぞく》するものわ最《もつと》も強《つよ》し。……（下篇149頁）燕《つばめ》と鴉《からす》

○體《てい》の好《よ》い約束《やくそく》を信《しん》ずるな。……（下篇164頁）旅人《りよじん》と熊《くま》

○敵《てき》と創《きず》とわ小《ちいさ》しとて侮《あなど》るな。……（下篇157頁）熊《くま》と蜂巣《はちのす》

○天《てん》わ自《みずか》ら助《たす》くる者《もの》のみを助《たす》く。……（上篇208頁）車力《しやりき》と力《ちから》の神《かみ》

○諂諛《てんゆ》わ時《とき》に利潤《りじゆん》を得《う》。……（下篇71頁）狐《きつね》と鴉《からす》

○天性《てんせい》わ訓練《くんれん》に克《か》つ。……（下篇97頁）青年《せいねん》と猫《ねこ》

○温《あたゝ》かき言《ことば》わ骨《ほね》をも熔《とろ》かす。……（上篇150頁）風《かぜ》と太陽《たいよう》

○有《あ》れば有《あ》るだけ欲《ほ》しくなる。……（下篇194頁）黄金《おうごん》の卵《たまご》

○猿《さる》に権《けん》あれば、覬《き》覦《ゆ》する狐《きつね》の迹《あと》わ絶《た》えず。…（下篇245頁）猿《さる》と狐《きつね》

○議《ぎ》論《ろん》よりも實《じつ》地《ち》。…………（下篇160頁）旅行家《りょこうか》の大言《たいげん》

○希《き》望《ぼう》を充《み》ち滿《みた》せば、時《とき》に敗《はい》滅《めつ》を招《まね》く。…（下篇252頁）守護神《しゅごしん》と牧畜者《ぼくちくしゃ》

○氣《き》力《りょく》なければ一《いち》人《にん》の朋《ほう》友《ゆう》だも得《え》難《がた》し。…………（上篇34頁）羊《ひつじ》と烏《からす》

○危《き》害《がい》を企《くわだ》つれば、必《かなら》ず危《き》害《がい》を蒙《こうむ》る。…………（上篇57頁）鳥刺《とりさし》と蝮《まむし》

○共《きょう》犯《はん》者《しゃ》わ主《しゅ》犯《はん》者《しゃ》と其《そ》の罪《つみ》同《おな》じ。…………（下篇166頁）囚《とら》われの喇叭手《らっぱしゅ》

○虚《きょ》言《げん》ほど人《ひと》に辱《はじ》かゝす惡《あく》徳《とく》わなし。…………（下篇25頁）猿《さる》と海豚《いるか》

○勤《きん》勉《べん》わ好《こう》運《うん》の右《みぎ》の手《て》の如《ごと》し。…………（上篇65頁）葡萄園《ぶどうえん》

○弓《ゆみ》に二《ふた》筋《すじ》の弦《つる》を張《は》るも好《よ》し。…………（上篇143頁）蝙蝠《こうもり》と鼬《いたち》

○自《みずか》ら重《おも》んぜよ、さらば人《ひと》より重《おも》んぜられん。…………（下篇205頁）獅子《しゝ》の最期《さいご》

○見《み》知《し》らぬ人《ひと》の親《しん》切《せつ》わ疑《うたが》わしいものと知《し》れ。…………（上篇62頁）牝豚《めぶた》と狼《おうかみ》

○死《し》の神《かみ》わ羊《ひつじ》のみならず、仔《こ》羊《ひつじ》をも食《くら》う。……（下篇45頁）愛《あい》の神《かみ》、死《し》の神《かみ》

○自《じ》分《ぶん》よりも不《ふ》幸《こう》な者《もの》の在《あ》る間《あいだ》わ、身《み》の上《うえ》の不《ふ》平《へい》わ言《い》うべからず。……（上篇17頁）驢《ろ》馬《ば》と無尾猿《おなしざる》と土龍鼠《むぐらもち》

○仕《し》事《ごと》を善《よ》くするにわ、自《みずか》ら爲《な》すに如《し》かず。……（上篇28頁）母雲雀《おやひばり》と子雲雀《こひばり》

○主人《しゅじん》一人《ひとり》の目《め》わ、傭人《やといにん》百人《ひゃくにん》の目《め》にも優《まさ》る。……（下篇238頁）牛小屋《うしごや》の鹿《しか》

○慈《じ》善《ぜん》にも辨《べん》別《べつ》なかるべからず。……（上篇31頁）鶏《にわとり》と狐《きつね》

○人《じん》爲《い》わ天《てん》性《せい》に克《か》つ能《あた》わず。……（下篇53頁）大鹿《おうじか》と小鹿《こじか》

○親《しん》切《せつ》わ親《しん》切《せつ》を産《う》む。……（下篇242頁）鳩《はと》と蟻《あり》

○非《ひ》望《ぼう》わ企《くわだ》つるなかれ。……（上篇185頁）蝮蛇《まむし》に鑢《やすり》

○他《ひと》に害《がい》を加《くわ》うれば、己《おのれ》も其《そ》のために害《がい》を蒙《こうむ》る。……（上篇164頁）神《かみ》と蜜蜂《みつばち》

○人《ひと》を計《はか》れば己《おれ》も又《また》計《はか》らる。……（上篇47頁）鷲《わし》と狐《きつね》

○美《び》わ美《うる》わしき葉《は》にて飾《かざ》らる、されど其《そ》の實《み》わ苦《にが》し。……（下篇232頁）池畔《ちはん》の鹿《しか》

○皮《ひ》膚《ふ》わ衣《い》類《るい》より貴《たつと》し。……（上篇86頁）海狸《かいり》

○人《ひと》に本《ほん》分《ぶん》あり、人《ひと》わ其《その》本《ほん》分《ぶん》を守《まも》るべし。……（下篇131頁）驢《ろ》馬《ば》と小犬《こいぬ》

○物《もの》を計《はか》らば實《じつ》際《さい》の價《か》値《ち》を以《もつ》てせよ。……（上篇125頁）鷄《にわとり》と玉《たま》

○勢《せい》力《りよく》わ權《けん》利《り》に克《か》つ。……（上篇93頁）獅《し》子《ゝ》と他《た》の獸《けもの》

○生《せい》活《かつ》に疲《つか》れたる人《ひと》にも、死《し》の恐《きよう》怖《ふ》あり。……（下篇217頁）老人《ろうじん》と死神《しにがみ》

○前《ぜん》者《しや》の覆《くつが》えるわ後《こう》車《しや》の誡《いまし》め。……（上篇202頁）病《や》める獅《し》子《ゝ》と狐《きつね》

○少《すこ》しの不《ふ》親《しん》切《せつ》大《おう》きな過《あやま》ちとなる。……（下篇211頁）荷《に》を負《お》うた驢《ろ》馬《ば》と馬《うま》

○末《すえ》の準《じゅん》備《び》を怠《おこた》るな。……（上篇196頁）蟻《あり》と螽斯《きりぎりす》

作品案内

本書はおとなのために編まれたイソップ物語集である。

「犬が羊に食物の貸《かし》があると云うので、裁判所え訴えて出ました。すると其《その》時の裁判官が鳶《とび》と狼とで、何の弁論も証拠調《しらべ》もせずに、忽《たちま》ち犬の方え勝《かち》を言《いゝ》渡しますと、犬わ直《たゞち》に飛《とび》かゝつて憫《あわれ》な羊を噛《かみ》殺し、不正な裁判官と共に、獲物を配《わ》けました。」（第六十八「犬と羊」）

やさしい口調で語られているが、子どもに聞かせられる話ではない。古代ギリシャ以来二千五百年にわたって弱肉強食の苛酷な〈イソップ的状況〉があらゆる社会の深部に巣くい、間欠泉のように噴き出してはけっして枯れることはなかった。それがイソップ寓話の世界中で読み継がれてきた理由であろう。だからいまの日本で、今日的である。

通常、イソップ物語には各話の末尾に教訓めいた一、二行が書かれている。本書では訳者がこれを「訓言《くんげん》」なる警句《アフォリズム》として独立させたことにより、本文のもつ現実認識のリアリズムがより直截に読者に伝わる仕掛けになっている。また本書では各話ごとに訳者による「解説」が加えられている。それは一つのトーンを奏でていて「世の中、油断はならないぞ」と繰り返し読者を諭すかのようである。

上田萬年《かずとし》（一八六七〜一九三七）は、著名な国語学者であった。国語・国字の改良を唱導した萬年は、本書において仮名の完全な表音表記を試みた。当時の歴史的仮名遣いを排したほか、助詞の「は」「へ」を「わ」「え」と書くなど現代の表記法より進んでいる。

①「犬、肉舗《うしや》より肉一塊盗出《ぬすみいだ》し、引《ひき》くはへたるまゝ溝をわたるとて橋の中ほどに至りたる時、其《その》影の水へ写れるを見て……」（渡部温《たづぬ》訳一八七三年）、②「二疋《ひき》の犬、一きれの肉をくはへて、己《おの》が家にかへらんとせり。みちにて、一つのはしをわたらんとせしに……」（小学二年生用教科書一八八七年）、③「犬が肉を啣《くわ》えて、小橋を渡りますと、鏡のように奇麗な水え自分の影が映つたので、必然《きつと》他《ほか》の犬だと思い……」（上田萬年訳一九〇七年）。（①②は小堀桂一郎『イソップ寓話――その伝承と変容』講談社学術文庫からの引用）

このように比較すると萬年の言葉づかいの新しさがよくわかる。むずかしい漢字や当て字が使われているものの、声に出して読んでみると百年前の文章とは思えないほど滑らかで現代ふうである。

上田萬年は二十代、島崎藤村の『若菜集』が出たころに新体詩の運動に加わっている。本書の出版の年に二歳だった次女がのちに作家円地文子となる。戯曲や小説の執筆のほか源氏物語や近松作品の現代訳も残した女流作家が育ったのは、明治の自由な知識人家庭であった。父親は本書のような穏やかな言葉で子どもに話しかけたのであろう。

この本は、明治四十年に東京・大阪の鐘美堂から刊行された『新譯伊蘇普物語』上下篇初版を底本とし、新しく版を起こして再現した新組出版である。原本の巻末には、イソップ寓話との類似がみられる古代インドのサンスクリット説話集「パンチャタントラ」が附録として収録されている。このやや長い九話の訳文は萬年が若いときのものらしく生き生きとした躍動感をたたえて読み応えがあり、イソップ物語集を――寓話のカタログとしてではなく――〝読み物〟として最良のものにしようとした上田萬年の意図が、ここでみごとに完結している。

（村瀬巷宇《まちう》）

世界名作名訳シリーズ No.3

新譯伊蘇普物語 しんやくいそっぷものがたり（上篇）

編訳・解説 上田萬年 うえだかずとし

二〇〇五年一一月一〇日 初版第一刷発行

発行所 (株)はる書房
住所 〒一〇一-〇〇五一 東京都千代田区神田神保町一-四四 駿河台ビル
電話 〇三-三二九三-八五四九 FAX 〇三-三二九三-八五五八
振替 〇〇一一〇-六-三三三二七
ホームページ http://www.harushobo.jp/

編集校訂 村瀬巷宇
装丁 ビッグママ・ディレクションズ
組版 ビッグママ
印刷製本 中央精版印刷

Harushobo, Printed in Japan 2005
ISBN4-89984-065-9 C0397

世界名作名訳シリーズ

No.1

「噫無情」前篇　黒岩涙香 翻訳

原作　ヴィクトル・ユゴー「レ・ミゼラブル」

(本体2,500円＋税)

No.2

「噫無情」後篇　黒岩涙香 翻訳

原作　ヴィクトル・ユゴー「レ・ミゼラブル」

(本体2,500円＋税)

No.3

「新訳伊蘇普物語」上篇　上田萬年 編訳・解説

(本体2,500円＋税)

No.4

「新訳伊蘇普物語」下篇　上田萬年 編訳・解説

(本体2,500円＋税)

好評既刊

殺されたもののゆくえ　鶴見和子

―わたしの民俗学ノート―日本が生んだ民俗学の巨人、柳田国男、南方熊楠、折口信夫たちが明らかにしようとしたものとは？かれらの仕事に学びつつ、追われた者、小さき人々の歴史と運命を見据え生きる知恵を探る。四六判上製・192頁　■本体1700円

女書生（おんなしょせい）　鶴見和子

その日午後４時、脳出血で倒れた。……私が本格的にものを書くようになったのは1945年の敗戦以降である。45年から95年まで50年の幅で仕事をしてきた。この本は、死後の世界から見た生存中のわたしの仕事の眺めである。四六判上製・488頁　■本体3000円

［新装版］茅葺きの民俗学　安藤邦廣

現存する茅葺きの家々を訪ね、その実態調査を基に茅葺きの構造とそれを支えた共同体を考察する。茅の確保から葺き替えまでを豊富な図版と共に解説。四六判上製・216頁・写真図版90　■本体2000円

日本人と魚　長崎福三

―魚食と撈りの歴史―近年まで米と魚を存分に食べることを悲願としてきた民族でもあった日本人は、その食文化を、地方色豊かに形成し維持してきた。米の輸入自由化、漁業の国際的規制問題の中で、日本人の食文化を再考する。四六判上製・264頁　■本体1942円

アフリカは立ちあがれるか　杉山幸丸

―西アフリカ 自然・人間・生活環境―21世紀の世界平和はアフリカの自立なしにはありえない。アフリカをフィールドに、チンパンジーの生態調査を続けてきた霊長類学者の現代アフリカ論。四六判上製・248頁　■本体2136円

はるかなるオクラホマ　高橋順一

―ネイティブアメリカン・カイオワ族の物語りと生活―カイオワはその出自が謎に包まれた民族である。かつて私はカイオワ族の言語と文化を研究するために、オクラホマの地を訪ねたことがあった……。四六判上製・240頁　■本体 1800円